梦幻圣域木里

钱文忠

Beijing United Publishing Co.,Ltd.

北京联合出版公司

图书在版编目（CIP）数据

梦幻圣域木里 / 钱文忠著. -- 北京：北京联合出版公司, 2015.11

ISBN 978-7-5502-6457-1

Ⅰ.①梦… Ⅱ.①钱… Ⅲ.①散文集 – 中国 – 当代②游记 – 作品集 – 中国 – 当代 Ⅳ.①I267

中国版本图书馆CIP数据核字(2015)第252293号

梦幻圣域木里

作　　者：钱文忠

总 发 行：北京时代华语图书股份有限公司

责任编辑：王　巍

封面设计：观止堂_未氓

版式设计：王文鹏

责任校对：李　娜

北京联合出版公司出版

（北京市西城区德外大街83号楼9层　100088）

北京中科印刷有限公司印刷　　　新华书店经销

字数72千字　　　787毫米×960毫米　1/32　　　5.5印

2015年11月第1版　　2015年11月第1次印刷

ISBN 978-7-5502-6457-1

定价：38.00元

目录

《梦幻圣域木里》自序

钱文忠

　　作为藏文化的学习者和热爱者，近年来的夏季，只要有成段的十天以上空闲时间，我都会驱车行走藏区。我的首选是走遍四川藏区，体悟康巴藏区深厚的文化，领略绚丽的风景。更重要的是，我可以身临其境地感受四川藏区建设的巨大成就。藏区山川亘古壮美，人民生活日新月异。每一个中华子孙，都会为之骄傲。

　　行程是艰苦的，时常直面各种困难与挑战，有时甚至会面临很大的风险。但是，我的内心充满了感恩之情。因为，这一切都是我人生的宝贵经历，生命的宝贵财富。一路上，我努力留下尽可能详细的文字和图像资料。谨加整理，与读者分享，并向大家请教。我的计划是写成一个系列，每本字数不超过十万字，配上我的同行者和专业摄影家的摄影作品，小开本精装，可以轻松地塞进口袋，轻松携带，轻松阅读。

《梦幻圣域木里》就是系列中的第一部。

短暂而难忘的木里之行，已经记录在这本书里。当然，我的文字是完全不足以展现木里之美与神秘的。好在，我此生一定还会去那里。写这篇"自序"时，我正在努力安排日程，希望能够参加今年十一月二十二日木里大寺强巴大佛的开光圣典。

我满怀感恩之情，借此机会，向下列师友表示由衷的谢意。

感谢四川省委统战部邀请我参加"中华文化与佛教"研讨会。四川省委常委、统战部部长崔保华先生、甘孜州州委原书记（现任青海省委常委、组织部长）胡昌升先生、甘孜州州委原常委兼康定县委书记（现任四川省公安厅副厅长）段毅君先生、省委统战部原副部长（现任自贡市市委常委、副市长）项晓峰先生、省委统战部副部长刘坪先生、四川省委藏区办副主任崔雨风先生都是我非常敬重的领导。他们对藏区工作的倾力付出以及对藏文化的如数家珍，令我感佩，并深受教益。省委统战部藏区一处处长徐君先生、甘孜州州委统战部副部长蒙兴甫先生，浸润藏区工作多年，既有理论造诣，更富实践经验，给了我很多宝贵的指点，并且一再关心我行程中是否遇见困难和危险。木里县委副书记兼统战部部长呷绒翁丁先生、木里县民宗扶贫移民局局长张林清先生，都是经验丰富、眼光开阔的干部，我在木里期间，他们不辞辛劳，全程陪同，予以指点。我内心十分感激。

我特别要感谢多年的好兄弟，四川省委统战部的王正先生。我近年来所有的川藏之行，都由他妥帖安排，并且全程同行。危险，他走在前头；休息，他留在后面。拥有这样一份友谊，是上天对我的恩赐。不消说，所有的同行者，都是我无比珍视的朋友。感谢他们。

当然，我们最应该感谢的是尊贵的十世木里活佛香根呼图克图。仁波切对我们的开示，这本小书所能记载的，只能是挂一漏万了。最要紧的是，仁波切无声地告诉我们，好的旅行都是真切的探访与深沉的缅怀，都是自由的交付与记忆的唤醒。学思修、戒定慧可以安住在移动的身心之中。

因缘真实不虚，奇妙难言。就在这次木里之行以后，我好似无来由地关注起木里香根活佛转世系统的佛号来。

根据《木里藏传佛教》（香根·边玛仁青、翁依偏初、扎西顿珠著，中国文史出版社2013年版）第2页所刊"活佛证书"的照片，木里活佛的佛号只有两个字"香根"。在藏语里，这是"救主"、"怙主"，意思是将众生救拔出无边的轮回苦海之人。这当然是极其尊贵的称号。不过，仅凭这两个字，并不能看出木里香根活佛在藏传佛教非常复杂的活佛转世系统里的历史地位。我对木里地区的政教史略有了解，尽管所知只是皮毛，却隐约觉得木里活佛的佛号不会如此简单，背后一定有已经被历史湮灭的重要信息。

果不其然，就在前天的深夜，我整理藏区行纪，连续几个小时，颇觉疲倦。于是，我从身后书架上随手抽出一本书来，原意是随便找本书翻翻，换换脑子，稍作休息。抽出一看，竟然是著名藏族学者尕藏加教授的《清代藏传佛教研究》（中国社会科学出版社 2014 年版）。翻开目录，见其"下编"第七章"活佛转世制度"的第八节是"清代建档呼图克图"，翻去一看：

"清代在理藩院建立档册的呼图克图达 160 人……，驻锡安多康区的转世活佛主要有木里、乍雅、察木多和类乌齐 5 人、西宁 33

人。"（269 页）

再顺手一翻："西番喇嘛：其出呼毕勒罕入院册者，庄浪 1 人，西宁 33 人，木里 1 人，乍雅、察木多、类乌齐 4 人。"（334 页）

这两条资料非常珍贵，但是，说明了什么呢？

我们知道，"呼图克图"出自蒙古语，本义是"有（长）寿者"，是清代用以册封藏传佛教高僧与大活佛的称号，极其尊贵，整个清代，入理藩院册的大概只有二百多个，在数量庞大的藏传佛教活佛中只占一个很小的比例，处于金字塔的塔尖。"呼毕勒罕"也出自蒙古语，此处是转世灵童之义。

清朝制度严格，不仅四大活佛（达赖喇嘛、班禅额尔德尼、哲布尊丹巴呼图克图、章嘉呼图克图）必须经过金瓶挚签认定，其余各地大活佛，也同样如此。理藩院明确规定：各处之呼图克图及旧有之大喇嘛等圆寂后，均准寻认呼毕勒罕；西藏所属各地方及西宁所属青海藏民等处所出之呼毕勒罕，均咨行驻藏大臣会同达赖喇嘛缮写名签，入于大昭寺供奉金本巴瓶内，公同挚定。（《钦定理藩部则例》卷五十八《喇嘛事例三》）

木里藏传佛教和其他藏区最大的不同是，整个木里只有一个转世活佛，即香根仁波切，是木里三大寺十八小寺唯一的寺主。由是，我们完全可以判定，木里香根活佛是中央政府入册的呼图克图大活佛。此外，还应该说明，上面提到的"乍雅、察木多、类乌齐"今天都已经划归西藏自治区了。今天的四川康区还有几个转世活佛系统拥有过"呼图克图"的封号？也应该好好加以研究。

十世香根活佛于1992年坐床，"活佛证"也约略同时颁发。当时，藏传佛教恢复活动还不太久，真可谓万事丛集，百废待兴，可能疏于考证了。不能不说，这是一个遗憾。所以，我认为，在"活佛证"的佛号"香根"后应该加上"呼图克图"四字。今天的制度当然不同于过去。但是，恢复"香根呼图克图"的尊称，不正可以表示我们对历史的尊重吗？

《人民政协报》的著名记者杨雪女士在知道我经常行走于藏区后，邀约我开设专栏。没有她的雅意，本书肯定要晚一些时间才能写成。感谢杨雪女士和《人民政协报》，拿出宝贵的版面，每周一期，连续刊发了十二篇我的木里行纪。

感谢木里县有关部门提供了大量精彩的照片，这些都是高水平的专业作品。

此外，我要感谢多年的好朋友，长江时代图书有限公司总经理李勇先生，他一如既往地为我安排了本书的出版。我还要感谢北京联合出版社的编辑朋友，他们也为此书付出很多心血。

最后需要说明的是，我从《梦幻圣域木里》所得的收益将捐出，用于木里藏传佛教文化事业。感谢读者诸君的随喜功德。

2015 年 9 月 23 日于沪上履冰室

木里香根呼图克图与作者

一　彩虹之路

　　自从美籍奥地利裔植物学家、探险家、纳西学家洛克揭开她的面纱以来，将近一个世纪了，木里一直是美丽神秘的同义词。很久了，我都想着能够有缘探访。但是，尘事鞅掌，路途险远，即便到了离她很近的地方，比如亚丁，也没能一亲芳泽。木里，就这样无奈而长久地寄诸梦寐。

　　三年前，机缘初现。在四川省委统战部举办的藏传佛教文化研讨会上，我有幸拜识了四川藏传佛教格鲁派三大活佛之一、木里唯一的活佛十世香根·边玛仁青仁波切。出生于1976年的香根活佛是新一代的爱国爱教的宗教领袖，木里大寺、康坞大寺、瓦尔寨大寺以及木里十八小寺寺主，在藏传佛教中地位重要，在各族信众中威望崇高。十世香根活佛致力于弘扬藏传佛教文化，利乐有情，还担任着凉山彝族自治州政协副主席、全国青联委员等职务。我知道，木里香根活佛的传承体系与木里地区的文化、历史、宗教密不可分。有尊贵的仁波切作我深入木里的古老文化的向导，自然是我的巨大荣幸。于是，当时就约定了木里之行。

然而，我没有想到，机缘从初现到和合，居然就花费了三年的时间。8月8日－10日，四川省委统战部在成都召开"中华文化与佛教"研讨会，会议期间举行了四川省藏语佛学院奠基仪式，通过了必将产生深远影响的"中华文化与佛教成都共识"。我应邀与会，受台湾佛光山开山宗长星云大师的委托，代为宣读贺信。感谢这次会议，给了我机会，向近百位藏汉高僧大德请教。香根活佛的与会，更是让我亲近古老木里的圆梦之旅得以成行。

8月11日，会议结束的第二天，我就取道雅（安）西（昌）高速，以航天城西昌为中间点，驱车奔赴我心中的目的地木里，驰向古老、美丽与神秘。我无法抑制内心的激动和迫切，就连每次进入藏区必过必吃的雅安清溪贡椒鱼、当地柴火鸡，也无心细细品尝。

雅西高速是中国西南交通建设的傲人成就。整条高速在青绿扑眼的崇山峻岭间穿梭前行，在云蒸霞蔚间蜿蜒盘旋，身姿清丽美妙，以我的拙笔，实在难以摹写名状。难怪一开通，就引起了近乎崇拜的关注。道路无言，却召来了无数的自驾游旅行者和摄影者。它的壮丽影像不停地出现在网络上。许多年轻网友惊呼："中国有这样一条高速，祖国逆天了！"

中国西南大地上的道路建设，就如深受大家喜爱的名曲《天路》的旋律，高亢激昂。太多的新路横空出世，带来了盘古开天地般的震撼。雅西高速当然无愧为其中的佼佼者，但是，这条"逆天"高速，依然还有它足可傲视群伦的特殊之处。

它，是中国当代道路工程技术成就的代表：有一段道路隧道穿山，但隧道不是通常所见的直道，而是呈两个连续的倒八字，在百度导航地图上的轨迹像极了我戴的眼镜，随着山势的升高昂然前行。我到过国内不少地方，然而从未见过这样的螺旋上升曲折前行的高速公路。

雅砻江畔·刘仁勇 摄

它，是中国当代道路建设生态优先的代表：尽最大可能避免炸山破山，保持民族地区可贵的自然生态，又必须规避当地常见的泥石流、高山飞石、路基塌陷等自然灾害。于是，整条道路傍险山架高桥。有些路段还考虑到水体保护，低贴水面架设。我从未见过这样的敬畏自然，又对自然体贴入微的高速公路。

它，是中国当代道路建设人文关怀的代表：很多旅友网友都注意到，有一长段高架入云的道路，路底高高的钢制结构只能仰视，被漆上了鲜艳的红色。周围崇山碧绿，一条亮丽的鲜红彩带凌空飞舞，令人不禁为之神往。水泥的青灰色象征着科学理性的冷峻和钢铁一般的坚强意志；钢架的鲜红色则象征着建设者的沸腾热血和澎湃激情。我揣想，道路的设计者和建设者或许就有这样的考量。我从未见过被赋予了如此深厚的人文、艺术关怀的高速公路。

雅西高速怎能不令人神迷，怎能不令人感叹？我说这是一条彩虹之路，并不是在滥用诗化煽情的语言。谁能说，它不是一条通向民族和谐的天路，一条夺目的彩虹之路呢？

天堑变通途。雅安到西昌，以往恐怕需要耗时论天计的里程，今天只需短短的不到五个小时。时间就是生命，人的年寿生命正因此而延长。

西昌，这座在秦朝就"尝通为郡县"，又不幸"至汉兴而罢"的古老城市，在今天凭借着中国四大航天基地之一的西昌卫星发射中心，已经成为一座洋溢着现代气息的航天城，举世闻名。

作为凉山彝族自治州的州府，西昌是多民族的聚居地。这里地理条件特殊而优越，全年气温不高而日照充足，当地居民的生活悠闲舒适。瓜果蔬菜品种繁多，质优价廉，名闻遐迩。举目可见满街的瓜果摊，桃子、苹果、石榴、西瓜果型硕大，甚至还随处可见芒果、红毛丹、龙眼。西昌的芒果特别有名，甘甜可口，香冽扑鼻。一问价格，每斤居然还不到五元钱！

感恩香根仁波切，在成都处理好法务后，乘坐飞机，于当天傍晚赶回西昌，盛情招待我和同行者。我们欣赏彝族歌舞，领略毕摩文化，品尝彝族风味，过了一个非常愉快的夜晚。只不过，彝族大块论"坨"吃肉，且多以烟熏。对于我来说，实在过于"激烈"了。饭毕漫步西昌街头，看见不少人在街边大吃烤肉，"坨坨肉，炭火红，乐融融"。西昌烤肉大有名，正是各民族生活习惯因交流共居而融合的最好见证。

可能有些朋友不一定知道，在过去，受大汉族主义的影响，对当地的兄弟民族使用的是"夷"、"倮倮"等侮辱性的称谓。新中国成立以后，展开了各个兄弟民族的名称确定工作。据说，还是毛泽东主席巧妙地使用了通俗语言学的方法，提出将"夷"改为"彝"。彝和鼎一样，都是宫廷礼器，高贵。彝字字形似上有房子而下有米和系，意思是有吃有穿有房住。此议一出，大家欢喜。古老的民族这才有了年轻的寓意美好的名字"彝族"。

晚上住在邛海宾馆。庭院清整雅洁，名木古树参天。邛海波浪不惊，远山浅黛入眼。我惊奇地发现，客房竟然还有"枕头套餐"服务，提供九种枕头，以备旅人选择。这又是我在别的地方没有看到过的。客旅行远，这份入微体贴是很让人感动的。后来才知道，这也是西昌宾馆业的一项特色。

我素来不喜宾馆里的西式软枕，赶紧选了荞麦枕，助我一夜黑甜。

明天一早出发，我就将在香根活佛的引导下，进入久已魂牵梦萦的木里。

二 苹果不识盐源路

邛海宾馆好睡。我不舍得都市里罕见的好空气，整夜开着窗。空气的清新将我早早地激起。沿着静静的邛海边，闲闲眺望远处群山，等待同行友人起床。然后，由木里香根仁波切前导引路，进入木里。

这次木里之旅注定是终生难忘的。然而，8月12日，这首途之日，却已然是用刻骨铭心也难以形容了。后来回想，一早的静谧安宁完全误导了我们。谁也没有想到，接下来的行程会遇见那么严重的险阻，惊心动魄。

作为凉山彝族自治州下属的木里，是全国仅有的两个藏族自治县之一（另一个是甘肃武威市天祝藏族自治县），地处四川的西南部，东跨雅砻江，西抵贡嘎山，北靠甘孜藏族自治州，南临金沙江并与云南接壤。那里的气候四季温和，气温最低也就是零下五六度，植被丰富，是中国重要的林木基地。据说面积1万3千多平方公里的木里县，为960万平方公里的中国，提供了百分之一的氧气，堪称中华氧库。我们去藏区，通常首先关心的就是海拔。木里全县最高海拔是西部与稻城交界的恰郎多吉峰，5958米，还不到6000米。很多地方也就两三千米左右，著名的几座大寺不过3千多米，县城则低于3千米。这样的海拔高度就藏区而言，简直稀松平常，这给人的感觉格外温和。

但是且慢，不久我们就切身体会到，仅凭这些诱人的书面资料，是谈不上了解木里的，甚乎可以说是危险的。这话大致对全藏区而言都有效。以前我进入甘孜深部，震于其海拔高度、交通条件与温差等，几乎都要武装到牙齿。而这次，除了两辆路虎越野车外，可以说是一无准备，袖手上路。

香根仁波切的车前导。从西昌出发，只有一小段高速，车行几十分钟就从盐源口折下，转上了普通公路。直到这时，路况还是正常的。山势虽然高耸，却还未险峻。盐源久以糖

刘仁勇　摄

心苹果著称，其味甘甜，竟有粘唇之感。近年来，随着凉山一带南红的开发与爆红走俏，盐源的五彩玛瑙更是让人目眩神迷，给觅宝收藏者带来了意外的惊喜，当地各民族居民又增加了收入。

这段公路的沿途布满了饭店，自然是川渝菜为主。差不多每家门口都有扬手招徕客人的服务员，看来，旅游热特别是自驾游的流行，早已经将商品经济和服务意识带了进来。

仁波切是时常往返于此的。他将我们带到更小的岔路上，开进一家整洁的农家小园。园子里盛开着五颜六色的鲜花，绝大多数我连名字都叫不上；各色瓜果沉沉地坠弯了枝丫，很是喜感。按木里活佛的指点，服务员将桌子架在树林草地上。汉族，或者说都市人通常在檐下屋内用餐，与自然的亲密程度远比不上以耍坝子为至乐的藏族，以及其他兄弟民族。这是出于环境限制导致的无奈，或者还有更深层次的原因？恐怕值得思考。

丝丝宝石蓝的天色，编织进灿烂的阳光，飘挂在茂密的树林上。我注意到，这里大概全是松树，同样高矮，一般粗细。木里活佛善解人意，向我解释说这就是"机播林"。曾几何时，大跃进、毁林造田之类有悖于自然规律的事情，也发生在遥远的这里。多年以后，人们醒悟过来，遂以飞机撒种造林。当地人名之为"飞播林"。或"飞"或"机"，一字之择，就显示出各地域文化传统与心理。当然，这种半人工林子比起天然林来，还是有无法弥补的缺憾的。

米饭、蔬菜都是儿时的味道，饭是饭香、菜是菜香。我吃了两大碗米饭，感觉完全不必用菜来"下"，别说旁观者，就连我自己都吃惊不小。这显然是拜当地农业的绿色原生态之赐。由衷希望当地的人们珍惜这一份在今天格外宝贵的"后发先进"，走出自己的发展道路来。

午饭毕启程。岂料，接下来发生的一切，不仅让我们彻底顾不上回味刚才的美餐，而且完全不敢对下一顿有所期待。

此后的路程取道梅雨镇。一路海拔逐渐上升，不过最高也就是 3 千米，并无大碍。透过

远眺神山·中央次尔 摄

车窗望去，理应潮湿温润的地区却出现了似乎是干旱区才有的植被。这就提醒我们，已经开始进入造成这种独特小气候的高山峡谷了。

仿佛为了使梅雨镇这个地名名副其实，刚才还是万里晴空，忽然下起雨来。盐源到木里原本是柏油路（当地称"油路"）为主，但地质情况复杂，时常塌陷为患。现在正将路面彻底扒去，重新铺设。这就完全是泥路了，前一段明显天降大雨，泥泞中满是积水不知深浅的坑坑洼洼，下面还隐藏着大大小小的石头。我猛然惊醒，这是藏区的雨季！我们竟然在雨季进入藏区了！这实在不是明智的选择。

这是什么样的颠簸啊！已是尽可能低速行驶的路虎没有了丝毫的虎气，恍如波涛汹涌的大洋上一叶断缆的扁舟，时而在浪巅，时而在浪底，成了一头艰难前行的泥虎。我不是文学家，驱使不了文字。这么说吧，我的同行者戴了时髦的 iwatch，有记步功能。千真万确紧抓把手坐在车上，一步未抬，而 12 日的一下午，耗费几个小时的几十公里路，居然能让 iwatch 活生生颠出了 2 万多步。该表还有一个计算高度的妙用，能够将主人的运动量转换成所登的楼高，结果居然是93层楼！那位朋友平时在健身群里总是排名无法靠前，颇为恼恨。这次好了，一步不用动，居然高列（其实是"高颠"）第一！不禁欣喜欲狂。乔布斯是佛教徒，据说对藏传佛教很有兴趣。不知已往生净土的他，得悉苹果产品在藏区获得的这些数据后，是否会莞尔一笑？

当然，我们依然快乐，都理解，如此修路乃是治本之策，这是藏区发展的必由之路。我们愿意和藏族人民一起经受心目中的新路宁馨儿降生前的短暂阵痛。

青山绿水·刘仁勇 摄

三　挂在悬崖峭壁上

颠簸到近乎绝望，路边出现了玛尼堆，风马旗在远方飘扬。这些明确无误的藏文化符号告诉我们，木里就在前面不远了。好像是为了免得我们的心情太过激动，道路也平缓下来。渐行渐高，路边逐渐出现了点缀着艳丽小花的高原草地，徜徉着犏牛。心情顿时放松下来。

这时才注意到香根仁波切的车已经不在我们视线之内了。好奇心油然升起，都说当今的仁波切通常坐拥豪车，甚至拥有一队豪车也不在话下。如果活佛的车不好过我们很多，眼前只有一条路，同样的路况，怎么就会领先我们那么多呢？

临近盐源和木里分界的垭口，已是海拔3千多米，出现了拥堵。和前面一样，为求一劳永逸地解决木里人民的出行难题，小修小补无济于事，近段时间彻底修路。时逢雨季，本就常有泥石流、路基塌陷、高山飞石、山体滑坡作祟，现在的情况当然更为严重。所以，一律单向放行，以策安全。通常每半天放一个方向。我看，大家肯定很理解，都在耐心等待。大概由于常走此路的缘故，很多司机彼此熟悉，都在三两成堆地聊天。我没有感觉到一丝一毫的烦躁情绪，那是都市里堵车时常见的；没有听到一声鸣笛一声喇叭。这是一种久违的交通文明。

香根活佛的车就在前面路边等我们。仁波切正在和偶遇的信众聊天。信众不期见到木里唯一的活佛，非常兴奋，但是敬畏和礼节使他们自觉地保持着和活佛的礼貌距离。

我就在一旁和仁波切的司机偏初兄弟闲聊起来。看着活佛坐的同样满身是泥的车子，我问偏初："仁波切坐的是最大排量的顶配陆地巡洋舰吧？难怪跑得比我们快那么多！"

偏初憨厚地笑了，回答道："很多人都这么问。其实活佛坐的是最简配的丰田霸道，四缸，还不是四驱。活佛是凉山州政协副主席，

活佛·刘仁勇　摄

这车是政府配发的，车龄马上就十年了。经常要修。"偏初带我俯身看车底："您看，路不好走，这底盘挡板前一段又剐坏了。活佛忙，就这么一台车，没时间修呢。"我揉揉眼睛：这不，挡板居然用铁丝拧着！

看我发呆，偏初还是那样憨厚地说道："我们木里就一位活佛，信众多，佛事忙；还经常要参加各种会议，协助政府做些工作。这条路来来回回，路况都在活佛心里呢。"

我接着发问："活佛这样奔波，在成都或者别的地方有房子吧？"偏初说："我们活佛没有房子，都是住旅店。活佛也从来都不住好酒店，他说能住就行了。募集来的善款，都要用在佛教和信众身上。"憨厚的偏初眼神里分明满是崇敬。

远远望着被信众围绕的年轻的香根活佛，一袭紫红色的袈裟格外耀眼。特别是近几年来，汉地藏区的交往日益频繁便利。给人们的感觉是，而今，活佛、仁波切可谓多矣，几近满眼皆是。说实在话，起码对我而言，有些仁波切的行为举止未必多么尊贵，不见得配得上

"仁波切"的尊称（藏语的意思本是"人中至宝"）。眼前的这位香根仁波切则不同了。此刻，我不由得想起前几天在成都，理塘长青春科尔寺的四世夏坝仁波切对我说的一番话："在今天，活佛也不能一概而论。世上自有好活佛、坏活佛、真活佛、假活佛，其间还可以排列组合，结果很发人深省。"这真是智慧之言。

香根活佛看见我，微笑着走过来："前面堵车了，不过，只有一座小山了，过去就是木里县城了。"

信众大概注意到仁波切还有随行朋友，赶紧都默默地，但充满敬意地让我们先走。我合十感谢，跟着活佛的车穿过迎风猎猎的密密风马旗，按照藏传佛教仪轨，顺时针绕行垭口的白塔。当今的十世香根活佛于 1992 年坐床，这座白塔正是信众为了庆贺藏传佛教传统得以恢复而修建供养的，选址理所当然正是木里垭口。很有纪念意义。

接着前行，山势并无太大的起伏，周边的景色却越来越美，真如渐入仙境。难怪洛克在 20 世纪 20 年代初费尽心机进入木里时，会发出那样的赞叹；难怪他不顾路途险阻以及木里王的禁令，三次进入木里。据闻，香格里拉究竟何指，众说纷纭，颇有争论。兹事体大，有关周围各地的旅游大业，我自然不敢发表什么意见。不过，从当年为数极少的木里探访者留下的文字记载来看，在他们的心目中，香格里拉大概是要包括木里的。恐怕还不仅是包括，甚至还将木里视为香格里拉的核心区域，也说不定。

我完全陶醉在无法用文字描摹的美景里。车辆不停地沿着山势拐弯。忽然，思想毫无准备，眼前的景色一下子变得无比惊险壮丽。那一刻的感受，我至今想不起有什么合适的形容词可以表达。

本来就很窄的路面像忽然缩水的棉布条一般，倏然抽细。山势也突然发生了急剧的变化，像是被藏地天铁铸就的利刃干净利落地纵劈了一下：山峰原来鞠躬如也，现在骤然挺腰，昂然直立。数千米的落差顿扑眼前，拽住我的眼神，直直视下。见者战战兢兢，想看又不敢看，却无力抗拒。想来应该是宽阔汹涌的小金河，从千米之上直看下去，却犹如小手指般粗细，无力地在千米深谷蜿蜒，甚至看不出它在流淌。缩了水的道路又像细细羊肠，被猛然甩贴在近乎九十度的悬崖峭壁中间。我们就这样被挂了上去。

原以为我翻越过号称川藏第一险的雀儿山，那里的海拔比这里可要高出近2千米，木里的高度自当不在话下。谁想到，雀儿山是高原之险，本不在落差。而进木里则需直面高山深谷，其险正在落差的巨大。

为了一览无余地欣赏无敌美景，我早早地请司机卸掉了前座的靠垫。现在视线所及几乎都是天际，一时间天晕地转，双腿发软，顿时感觉后悔。可是，在这样的险境里，又岂敢让司机分心重安靠垫，遮挡住我的视线？

我们就这样突然被挂在了悬崖峭壁上。

朝圣的路 · 中央次尔 摄

四　绝险菜籽弯

真是险不单至，前方之字形极窄险处又发生了路基垮塌。此地名叫"菜籽弯"，尤为奇特。

我并没有在附近看见和"菜籽"有关的植物，眼界之内，皆为峭壁，绝无平地，想来也无法种植。难道是，意指，在如此险绝的高山峡谷面前，人、车微不足道，渺小尽如"菜籽"？

本来就已是单向放行的车辆，更必须听从指挥单车通过。后面的车只能停在悬崖道上，我们下来驻足远远观望。掏出电话，想告诉香根活佛我们的情况，却捕捉不住飘忽的信号。

这里的实际交通环境，以及古老藏文化的熏陶，塑造了极高的行车文明。稍大的车辆都会找个略宽处，让后面的小车慢慢超过自己。

我们就是在香根仁波切的引导下这样缓慢，却颇超越了一些大车前行的。回头望去，我们身后已经堵起了一条车龙。幽深的山谷里，依然没有鸣笛声，依然没有喇叭声。也许，走这路的人已经习惯了，大家就这样安静地等待着。

我和后面的卡车司机聊起天来。他淡淡地说，他们的工作就是开着大卡车，保证木里的物资供应。风险是他们每天都要面对的，危险是他们经常都会遇见的。"习惯了，这就是我们这份工作。我还好，今天刚上来。有时候，大车过不去，要在山上过几夜，都是正常的。"面对着这位司机黢黑纯朴的脸庞，我内心由衷敬佩，无言地敬上一支烟，为他点上。

路基垮塌处传来的一阵惊呼打断了我和卡车司机的对话。赶紧放眼望去，一辆正在小心翼翼缓缓通过的大客车车身一颤，忽然严重倾斜，摇摇欲坠地倒向贴旁的千米深谷。还没等到我合上惊开的嘴，刹那间，只见一群人挤拥过去，有的用看不清是什么的工具，有的显然就是凭自己的脊背，拼死抵住抗住车身。在众人闷闷的发力声中，车身慢慢地艰难扶正。我

归·刘仁勇 摄

看呆了。一旁的司机说道："这样的险情也常有，这里的人都会相帮。没有看白眼的。只要大家相互帮，再难再险，总有办法。"

看来，在雨季，这里的路面常垮常修。前面的情况是严重的。每过一台车都万般惊险。过一辆后就必须抢修抢压一次路面。眼见得短时间是无能为力的了。而天色，渐渐暗了起来。更要命的是，雨也大了起来。远方悠悠的高山上空，道道闪电凌厉地击破夜色。论常情，这样的天气里是无法修路的。显而易见，情况还会恶化。

我和同行者开始讨论，看来必须做在悬崖险路上过夜的准备了。我打听到这里离县城还有四十多公里，我们的司机兄弟于是提议，他们和车辆留下等路修好，其余人则步行赴木里县城。这样的建议，我当然不能赞成。同时，我们谁也没有能够夜行几十公里险山的自信。恐怕，后者是更主要的顾虑。

就在我们手足无措的时候，三三两两的人开始从我们身边走过，有的肩扛手拎着行李，有的抱着孩子，有的扶着老人。原来他们是堵在后面更远处的客车乘客。显然，他们不愿意被堵在山上过夜。在他们眼里，几十里的险山夜路并不是无法克服的困难。我们知道，这些都是藏族、彝族兄弟，或许还有生活在当地的汉族，他们悄无声息，脚步坚定，却彰显出坚韧的生命力和果断的行动力。

这怎能不令我们这些"发达地区"的都市人油然敬佩？我看着他们走过，默默地祝愿他们平安到家。

夜色中，一阵窸窸窣窣的滚石声，伴着略显尖利的呼喊声又突然传来，我的心猛然一紧。这样的雨季，道路容易塌方损毁，高山更易塌方飞石！我们身处悬山小道，避无可避。紧张间抬头望去，却见一个小女孩飞快地在更高处的碎石间攀爬，吆喝着两头还在比她更高处的山羊。那位卡车司机也舒了口气："不是飞石，不是飞石。小娃赶羊回家呢。羊见到那么多人哦，耍疯了，不愿意回去啰！"

这小小的插曲让我们多少放松下来一点。正在此时，堵在前面的仁波切的电话终于打了进来。活佛语气平静安详，宛如无事地安慰我们，"既来之，则安之"。我的心情也似乎不再紧绷了。

多少缓过些神来。这才发现，前面不远的山腰处竟然有个正在施工的隧道。看来，高等级的道路不久就会开通了。不消问，在这里严酷的自然条件下修路投资有多大，工程有多复杂。我相信，这是不能用，也不会用一般意义上的经济效益来考量的。在我眼里，这条待完工的隧道，正象征着藏区现代化的通道。身临其境，才能感受国力确实强大了。不过，我当时只是不争气地琢磨：太好了，我们起码可以躲到隧道里过夜了，大雨淋不到，飞石砸不到。简直是天赐之福。人的愿望有时候真的可以很简单很简单。

夜色已深，黑黑的，深谷已经模糊。我正盘算在悬崖隧道里过夜，前面的车灯突然接连亮起，司机们纷纷跳上车，峭壁上的车龙居然开始移动了。惊奇中又过了大约一个小时，我们的车终于开到了其实不过几百米远处的塌方点。虽然随过随修，但雨中窄窄的泥路依然被重车车轮压出了两道积满了水的深沟。两位警察前后指挥，十几位道班工人左右高声提醒，我们的车惊险万分地擦了悬崖冲了过去。

借着车灯，我看见他们全身湿透，浑身泥泞。那一刻，我的眼睛湿润了。现在，我在书房里写下这些文字，感到深深的遗憾，当时极度紧张的我没有摇下车窗，对他们说声谢谢，向他们道声辛苦。是的，也许他们早就习惯了。但是，我无法原谅自己。

他们，才是真正了不起的中国人。

五　深夜攀岩入乔瓦

冲过绝险处菜籽弯，已经是深夜十点左右了。尽管大家依然绝对不敢掉以轻心，但心情多少舒缓了一些。浓浓的夜色，也让我们无法看见窗外。后来才知道，其实，这一段的路更险。可惜我们没有原路返回，这次就失去了领略的机会。

一早从西昌出发，短短200多公里的路，历经艰险，花费了近14个小时，终于在深夜11点多到达了离木里县城乔瓦镇只有几公里的地方。床铺和晚餐，对，我没有想到"温软的"床铺和"丰盛的"晚餐，此刻不需要形容词，就近在咫尺，等候着我们。

可是，就算我有世界上最富想象力的脑子，也绝对没有想到，今天进入木里之行的最最危险、最最艰巨的挑战要在这一刻才真正来临。

进入木里县城的山路突然崩塌，几块大如卧床和餐桌的巨石轰然滚落，就在我们面前一二十米处，封死了道路。地名就透着凶险：老虎嘴！

香根仁波切慈悲地看着我们这些来自上海和成都的人，依然那么平静安详地说："看来，这路今夜是无论如何抢不通了。我问了下县里，最早明天早上九点才能打通。前面飞石不断，又是半夜，沿着路走几公里进县城也不行，太危险，已经封路了。"

我们目目相对。仁波切指着路边坡度 80 度左右的悬崖说："我们翻过这座山吧，一点不高的。把车和行李留下，我们这里肯定安全，不要紧。你们带几件换洗衣服，翻过山去。我联系好了，山那头有车接我们，就可以进县城了。"

我们一下子崩溃了。有的人表示宁愿在车上过一夜：在漆黑的夜里，这么陡的山，怎么可能翻得过去呢？商量间，菜籽弯山路上的一幕重现了：后面的藏族兄弟们根本就没有我们这样的犹豫，又是扶老携幼，手提肩扛地开始攀登了。

看着他们如履平地轻松飞登，犹如闲庭信步；加上前面的历险又让我平添出了一份勇气，我就对香根活佛表示："我们和仁波切一起翻山过去！今夜我们要进木里县城。"

一开始攀爬，我就马上明白，真是太高估自己了！

深夜，只凭手机照亮，视线几无。山极其陡峭，根本没有道路可言。雨后，山草溜滑，且少有可以抓手的灌木大树。脚下经常踩到松动的滑石。我踩下去一块，直直砸中同行者的脚踝。从山半腰的路往上看，确实不高，貌似只有十来米。岂料爬了一层还有一层，坡度绝不见稍缓，甚至更陡。我这才知道为什么汉语通俗叫爬山了，我完全是双手双脚并用，这难道不正是"爬"吗？我起先还有点力气，回头用手机为后爬者照亮。这一照不要紧，却隐约看见了近乎直角的山势。瞬间明白，绝不能半途放弃，如果不想撒手摔下悬崖，只有奋力向前。

又爬了约莫百米，我的体力耗尽，手脚疲

软，胸口发闷，无法喘气。绝对是平生第一次，我想到了"死亡"。感谢藏族兄弟，我们完全不相识，他们直着身子，轻松无比地从我身边掠过。不知道有多少藏族兄弟拉了我多少把，还用汉语提醒我："你不能趴着，要站起来，站起来好走！"我完全没有力气道谢，更没有力气回答。前方出现了一棵树，我赶紧扑住，死抱着不放，借以接上口气来，心里哀怨地想："我要是站得起来，我还会趴着吗？！"

说句后话，我抱树的光辉形象被一位也未必比我强多少的朋友看见了，回到成都后，从手机发了张照片给我：一只大熊猫死死抱住一棵树，黑眼眶小眼睛流露出惊恐与绝望！还告诉我，这只熊猫叫成就，是2014年出生的那群熊猫中的大明星！此刻，我正在考虑是否要用"成就"做我的微信头像？当然，前提是能够获得成都大熊猫繁育研究基地的版权许可。

万事回头都轻易。我抱着树，仰头一看，漫漫夜空数千繁星下，上面还有一两百米的悬崖。心想，老天保佑，让我们逃过了夜宿山路；但是，苍天毕竟不仁，这是要我抱树而眠的节

杜鹃花·刘仁勇 摄

奏啊！就在这当口，救苦救难的香根活佛（在藏语里，"香根"就是"救主"、"怙主"的意思）和偏初兄弟从天而降，把我连拉带拽地弄上了山顶。不久就知道，我们一行基本都是靠仁波切慈悲援手才攀上悬崖的。我们都说，这下有资本了，试问谁还能有这样的经历：深夜攀崖，活佛援手？

上了山，总还要下去。紧接着就体会到了"上山容易下山难"的真切。香根活佛一边扶着我，一边照应着我的同行者，淡淡地说道："你们白天是不敢爬的。"顺便，活佛用手机晃了一下山下。我斜瞥一眼，即刻头晕眼花，几乎失足。

第二天中午时分，路才抢通。前去取车取行李，这就看清楚了：我们是从山路边开始爬的，山上压根就没有什么路，而路下面就是近千米的几近垂直的深谷，博瓦河就在其下呼啸奔腾！我们顿时理解了仁波切昨夜说过的话。

人，究竟有多大的潜能？我想，这正是香根活佛给我上的第一课。

抵达香巴拉大酒店，床铺前所未有地温暖

舒适。仁波切在餐厅备下了热腾腾的菌菇火锅，包括新鲜的松茸在内，很多闻所未闻的菌菇是前所未有的美味。木里县县委副书记兼统战部部长呷绒翁丁先生和木里县民宗局长张林清先生一直在担着心，等候我们。翁丁部长曾经在我家乡上海市宝山区月浦镇挂职半年，这位英俊儒雅的藏族领导居然酷爱评弹。完全听不懂吴侬软语，但就是喜欢评弹。这，怎能不令我备感亲切呢？

翁丁部长热情招待，一个劲地劝我们赶紧吃东西。我却很失礼，只顾着问香根活佛："仁波切，汉语有爬山之说，藏语里用什么动词？"仁波切想想说："走吧，我们都是走山。"看！就凭这一点，我这个汉族人也要好好向藏族同胞学习。

不管是爬，还是走。反正在 2015 年 8 月 12 日，我到达了梦幻圣域木里的县城乔瓦镇。人生中的一个重要梦想实现了。

接下来的几天，我就要进入古老、悠久、神秘的木里文化了。

木里县城全景图·刘仁勇　摄

六　说说木里

香巴拉大酒店与木里县政府连通，似乎共享一个院落。如果说，酒店略显简陋；那么，紧挨着的县政府办公楼就只能算寒酸了。竞相豪华的政府建筑，我见多了；不过，却不能像木里县政府那样，让我肃然起敬。

木里的经济虽然近年发展很快，却还不宽裕。特别是为了减轻下游的洪涝，必须遏制上游水土流失，所以，木里早已停止开发森林。凉山州领导要求木里棵树不砍，以生态和旅游立县。这毫无疑问是正确的。然而，木里失去了木材业这一经济支柱，为大局做出了巨大的牺牲。我相信，用不了多久，未来一定会回报这里善良的人民。

我却要把话说回来，即便如此，恐怕木里县政府也不会缺建好楼房的经费。贫困县建豪华楼，我们难道还看得少吗？可见，这终究还是木里县政府民生先行的执政理念使然。政府的克己，就算是匆匆而过的旅人也能体会。

酒店的服务员基本是藏族，朴实勤快。我们的行李还留在悬崖那头的车上，但酒店整洁，必需品应有尽有，这让我们喜出望外。大家还都沉浸在对深夜徒手攀悬崖的英勇壮举的回味中，展开了白热化的自我表扬和相互表扬。身体酸痛难忍，极度疲惫，睡意却远抛在爪哇国。不知不觉间，到了凌晨四点的光景，正想就寝，窗外却传来了说不清是犬吠还是鸡叫的声音。我研究了一宿，结论是：有一条极度寂寞的狗彻夜哀号，只有一只破晓打鸣的健壮公鸡，呼应相伴。久而久之，犬吠鸡鸣，难以区分。同行者都听到了这怪异的声音，他们一致认可我的研究成果，很让我得意而开心。

还是先说说木里，尤其是古时的木里。这确实是个很有特点的地方。除了独有的自然景观、地理风貌以外，木里和其他藏区之间人文方面的不同，在很大程度上，更增添了它的神秘感。

康坞贡巴·刘仁勇 摄

古今的木里都远离拉萨，地处藏区的最东南，却素有"小西藏"之称。古代的木里地域要远远大过今天，周边很多地区都在其范围内。比如，就今天的外省而言，云南丽江的大部分都归木里，著名的泸沽湖也在木里的怀抱中。

通常介绍过去的木里统治者时都会用到"土司"一词，包括当地人在内，大家也习以为常了。仔细考究起来，此词是不妥当的。首先，"土司"明显带有贬损的意味；其次，"土司"更适合于接近内地的地区，历代帝王曾以"宣慰使"、"安抚使"之类虚衔封赐当地头人；再次，它与藏族的历史不尽吻合。历史上，藏区的行政体系相当复杂，各地的情况千差万别。比如，噶厦政府治下设类似内地"县"的"宗"，统一管理；而今天分属青海、甘肃、四川和云南的藏区就不同。各地统治者的头衔也多种多样。在藏语里，木里统治者和德格、卓尼同称"杰布"，颇类似于古代内地的分藩诸侯王，具有不小的独立性。所以，"木里王"、"木里王国"并非文学家笔下的浪漫拔高。

前面讲到过，如今的木里是仅有的两个藏

族自治县之一，但是，生活在这里的民族很多。总人口13万多，计有藏、彝、汉、蒙古、回、苗、纳西、布依、傈僳等22个民族；超过千人的有藏、彝、汉、蒙古、苗、纳西、布依7个民族。根据2013年的数字，藏族45056人，约占33%；彝族41520人，占30%；汉族26280人，占19%。有5个民族自治乡，蒙古族2个，苗族2个，纳西族1个。请注意，从1648年到1953年，传承了19代的木里杰布就和忽必烈大有关系，是南下的蒙古族后裔。

一般来说，主要因为佛教广为传布的缘故，藏语的书面语非常统一。不过，口语方言就一如内地，纷繁多样。各大方言，甚至一些小方言之间并不相通，无法交流。木里的藏语口语值得好好研究。对应于历史上该地区的封闭，一来极其古老；对应于自古多民族聚居，二来有大量的其他民族语言的影响。现在情况更奇妙，我就亲眼看见，翁丁部长用藏语和藏族服务员说话，而服务员不假思索地答以四川汉语。莫非翁丁部长的相貌更像汉族？

古代西藏政教合一的制度也传入了木里，

古经书·刘仁勇 摄

但是，却发生了很大的变异。最高行政官员是木里杰布，由八尔贵族家世袭。历代八尔老爷因此在木里地位极高，几乎可与杰布并肩。历代杰布都必须出家，汉语中干脆以"大喇嘛"称之，其位叔侄传承。前 8 代大喇嘛全用藏名，从 1781 年即位的第 9 代起忽然全用汉姓"项"，末代即第 19 代名叫"项培初扎巴"。这种制度始于 1648 年，由二世香根活佛降央桑布创立。当然，这经过了激烈的斗争。

必须顺便说一句，香根活佛至今十世，世系清晰。第二世香根活佛就是第一代木里杰布（大喇嘛）。换句话说，木里杰布与大喇嘛就是同一个人。"大喇嘛"其实是当时的汉人用来翻译"杰布"的，藏语并没有"喇嘛钦莫"之类的对应说法。末代大喇嘛（也是木里杰布）项培初扎巴至今健在，可惜这次我无缘拜见。

木里的信仰很早就以藏传佛教为主了。佛教，主要是格鲁派和木里密不可分。杰布衙门众官员，除了把总、师爷之外，概由僧人出任。木里全境也依三大寺分为三个区。三大寺就是木里的政治、宗教中心，都有完备的政教体系。

木里杰布（大喇嘛）、八尔老爷的声望和权力不能越出木里，而木里香根活佛就不同了，在整个藏区都有特殊地位和影响。实际上，活佛、杰布、八尔老爷一起组成了木里最高"三人团"。

一般而言，藏传佛教每个寺庙都有活佛，有的寺庙多达几十个。木里全境却历来只有一个活佛，统领三大寺十八小寺，自然是独一无二的宗教领袖。

当然还是佛教，最能证明木里称为"小西藏"绝非虚语。就拿藏传佛教寺院而言，木里三大寺就与西藏三大寺严格对应：瓦尔寨大寺－甘丹寺，康坞大寺－色拉寺，木里大寺－哲蚌寺。这种对应关系很严格：比如，过去，木里三大寺的僧人求学深造必进西藏的对应寺院；僧人定额也按十分之一的比例与西藏三大寺对应，等等。今天的情况当然不同，但历史是清楚的。于古，可考阿旺钦绕 1735 年撰写的《木里政教史》；于今，可考香根·边玛仁青、翁依偏初、扎西邓珠合著 2013 年出版的《木里藏传佛教》。

第一世香根活佛却杰·松吉嘉措（1524-1584）奉三世达赖·索南嘉措之命，到木里大弘格鲁派，于 1580 年创建了瓦尔寨大寺（藏语"拉顶甘丹达吉林"）。乃登·次称绒布追随他也来到木里，于 1640 年春开山创建康坞大寺（藏语"康德瓦金索朗达吉林"）。乃登·次称绒布在木里佛教史上是极其重要的人物，在一世香根活佛圆寂后，主持瓦尔寨、康坞大寺，学修并重，言传身教，培养了二世香根活佛降央桑布。从此，格鲁派大行木里。

　　20 世纪 50 年代重新划分行政区域时，未将历来属于康文化系统的木里归入甘孜藏族自治州，而改隶西昌专区即后来的凉山彝族自治州，一定是大费思量的。原因之一，应该正是考虑到了木里历史文化的特殊性吧？

　　总之，木里的历史实在引人入胜。我虽愚钝，定当努力学习，以得稍窥门径。

七 康坞大寺

预计 9 点可以抢通的路，到了 11 点 30 分才通行。我骗司机兄弟："车汉子，路通不了，你还得攀岩过去取行李。"他的惊恐眼神吓坏了我。我赶紧说了实话。

简单洗了澡，换上干净衣服。香根仁波切计划今天带我们去康坞大寺。把自己拾掇干净，是访客最起码的礼节。动身前，我悄悄地问偏初："路好走吗？"一旁的仁波切听到了："好走，很好走。"此时，我已经有了点感觉，木里活佛生于斯长于斯，他关于路、山的概念，大概是和我们不太一样的。

不过，香根仁波切之所以选择康坞大寺作为我们参拜的首寺，可能还是它距离县城最近的缘故，"只有"30 多公里。今天，我们毕竟只有一个下午的时间了。

木里大寺·刘仁勇　摄

面积大约两个上海的木里县没有一块平地，县城乔瓦镇就依山而建。一出县城，我就明白了仁波切的"好走，很好走"不能以常理论。我们一下子又被挂在悬崖上，窄窄的路，一边是刀削般的峭壁，一边是深不见底的峡谷。

虽说我们已经有了昨天的历险，但依然紧张，绝不敢轻易与司机说话，只怕他稍有分心。30多公里路，"好走，很好走"，居然也走了近3个小时！翻过两座高耸险峻的山后，是海拔3千多米的高原牧区。充眼碧绿，野花漫山，几院古朴的藏式木屋点缀其间。藏族有近寺聚居的习惯。其实，传统中，寺院都有独特的凝聚功能，往往是所在区域的文化教育、交通商业乃至庆典娱乐的中心。这倒不仅是藏传佛教的特点，汉传佛教也是如此。

按照香根仁波切的指点，我们只需翻过一个小山头，就可以到达康坞大寺了。总之还是"很好走"。前面确实出现了这两天以来最为平坦的柏油路，显然是专为康坞大寺铺设的。美景松弛了心情，我们一路向上驶去，车道越来越细，堪堪仅容一辆小车。当然，护栏、隔离墩之类绝对付之阙如。渐近山顶，忽然车道变成了弓背，放眼一望，再回头一探，竟然三面临空，感觉好似直要驰入碧蓝的天空！美则美矣，险更险也！后来听说，同行者都吓得紧闭双眼，不敢稍视，只顾一连声地提醒司机："哎！请开中间点，中间点！"全然忘了，这么窄的路哪里还有"中间"可言。

不知过了多久（想来只有几分钟），待我们试探着睁开眼睛，却一下被完全不似凡间的美击晕了。

金碧辉煌的康坞大寺坐落曼妙无比的山坡上，两条清清的小溪在其间温柔流淌。山峰围绕四周，犹如听法的佛子。森林茂密，古木参天。草场如丝绸地毯般迤逦铺展；高原湖泊又如从天上撒落的点点繁星。漫山遍野的杜鹃，虽然遗憾不是开花的时节，却更开放了花开美丽的想象空间。我知道，世界上很多品种的杜鹃，正是由洛克从木里带出去的。

寺僧和信众在寺院台阶下弯腰列队，捧哈达，擎黄盖，执香炉，吹响悠扬的法螺和佛号，按照格鲁派的仪轨，恭迎他们的香根活佛。仁波切是木里所有寺院的寺主，又身兼多职，更需经常外出弘法。我想，怕是他们也不容易见到自己的仁波切吧。

活佛进入有 64 根大柱的大殿，登上法台，藏传佛教特有的浑厚凝重的诵经声顿时响起，绕梁回荡。寺僧与信徒鱼贯而入，向活佛敬献哈达，并接受活佛回递哈达赐福。他们的神情庄严肃穆，脸上洋溢着崇敬与欢欣。

我们如仪行礼后，由香根活佛亲自引导，参观了寺庙。宏伟的大殿一楼一底，分内外两层。外层是措钦大殿，供着释迦牟尼、宗喀巴三师徒、四臂观音、阿底侠尊者、创建人乃登·次称绒布、一世香根活佛却杰·松吉嘉措的贴金像。里层是护法神殿，供着大威德十三尊、依怙、阎王、吉祥天母、财神、犀甲。我们敬谨供养。

香根仁波切请我们到客厅。高高的落地大窗纤尘不染，窗外的景色恍然身在瑞士。酥油茶香浓，奶酪清爽甘馥。我注意到，木里少牦牛，因此酥油茶似不用牦牛奶，这更合我们的口味。或许是善体人意的仁波切特地安排，也未可知。这里当然也食糌粑，但吃法颇为特别，糌粑盛以高盏，用小勺隔空倒在舌间，再饮酥油茶和之。其味喷香。妙极。

这当然不是康坞大寺的原貌。历史上的康坞大寺是木里第二大寺，占地百亩，殿堂、僧舍300余间。大经堂80巨柱，通天柱6根，可容500僧人诵经。寺内藏满珍宝，不必说佛像、壁画、法器等佛教艺术杰作了。这座著名的寺庙屡遭劫难。"文化大革命"更是将300多年的古寺彻底摧毁。

现在的康坞大寺从1991年开始恢复，2006年重建大殿，2009年竣工。5座所属小寺也逐渐恢复。而今有几十位僧人居于寺内。

历史的残迹依然可见，木里政教合一，历代木里杰布和香根活佛，每年都轮流巡视三大寺。所以，每个大寺周近都建有木里杰布的"拉章"（衙署）。康坞大寺旁就残存着拉章的遗迹。香根活佛告诉我，恢复寺庙时，石料难寻难运，有人提议，拉章遗迹上都是好石料，不妨就近取用。此议被仁波切阻止。"这些都是文化古迹，我们必须保护"，仁波切说道。这

寺庙·刘仁勇　摄

种文化担当和保护意识，是了不起的。

临下山时，香根活佛指着地面说："这下面就有金矿"。自古，木里就以产金出名。世界上最大一块原矿黄金，重10多公斤，就是早年出自这里，现藏英国。我想的是，地下的黄金固然贵重，但地上的文化结晶岂不更为宝贵？黄金有价，文化无价。这应该是香根活佛所要开示我的。

在山下，其实还是山上的长海子畔用藏式晚餐。高原湖泊之美，是不消说的。那里的人们不期见到仁波切，非常惊喜，都恭请摸顶赐福。食物完全是原生态的。玉米、土豆特别可口。尤其是用高原湖泊中的冷水鱼煮就的鱼汤，其鲜美无可名状，前所未尝。我们一般都认为藏族兄弟绝不吃鱼，其实不尽然。藏族同胞分布极广，藏文化丰富多元，风俗习惯随地见异，不宜一概而论。更何况，今天的所有民族都须与时俱进。

饭毕，偶遇一位藏族小伙子，正好手提鱼竿，准备前来钓鱼。迎面见到香根活佛，本能地想将鱼竿遮掩起来。仁波切慈悲，并没有发出法谕。小伙子有点窘迫，我倒觉得他很可爱：随着时代前行，在快步走向现代化的同时，依然心存一丝敬畏。真希望我们能够和他一样，心中永存敬畏。

美好的一天。

长海深秋·刘仁勇 摄

八 计划突变

从康坞大寺回来，时间已晚，翁丁部长与香根活佛又在县城附近安排了丰美的农家菜。我一边品尝饱含阳光、山泉气息的新鲜菜肴，一边向翁丁部长、仁波切请教，全方位充电。济济一桌，其乐融融。

这一段时间，电讯信号忽有忽无，现代都市生活须臾不可或缺的手机，差不多已经被我遗忘了。然而，就在这时，手机突然响了起来：我的两位年轻的上海朋友小 L、小 G 竟然已经到了香巴拉大酒店！

上海有很多"藏迷"，小 L、小 G 就是。他们是各自单位的骨干，难以按照我的日程出行，却又不愿意放弃来木里的机会。8 月 12 日，我们历经艰险进入木里，他们也飞到成都，就地租了车，随后赶来。当夜，我就通报了危险万分的路况，建议他们改变行程。更让人担心的是，他们只租到一辆绝非合适的别克商务车，而沿路又开始降雨，情况可能比我们来时还要糟糕。连香根活佛和翁丁部长都坚决地加以劝阻。

然而，他们"阳奉阴违"，仍然直冲了进来。在离菜籽弯不远处，他们捎上了三位彝族老人。其中有位老奶奶是第一次走出木里。他们也遇到了塌方，车轮卡在深辙间，底盘受损，进退不得。危急关头，正是搭车的三位彝族老人，叫来十来位彝族兄弟，硬是把车抬了出来。进是进来了，但是，这足以让他们认识到风险有多大。

我判断，在这样的天气条件下，只要一场大雨，道路就会阻断，很可能出不了木里。我后面的行程又完全无法调整。所以，不管有多么不情愿，明智的选择只能是尽早离开。将来总还有探访木里的机会。

当务之急是选路。进来的省道是进出木里的主要通路，但路况凶险；更何况，我们还必须带上小 L、小 G，他们的车况不容乐观，同

太殿·刘仁勇 摄

行可以相互照应。我们打听到有一条水路，走锦屏水电站出去，不仅迂远，而且还得留下车和行李。仁波切提供了最切实的建议：我们行程缩短了，更当善用。不去木里大寺，不能算来过木里。明天就去木里，那里离县城 100 多公里。从木里大寺，有一条泥路乡道，可以翻山出木里县境，到泸沽湖只有 120 多公里。天气好的话，问题不大。不过，就眼下的天气，是否通车，明天到了木里大寺才能打听确实。

在木里三大寺中，木里大寺最为年轻。高僧桑登绒布仿拉萨哲蚌寺的格局，于藏历第 11 绕迥阳火猴年（清顺治十三年，1656 年）创建，至今也有 360 年的历史了。按照汉族传统，正好 6 个甲子。藏族的历法自有特点，水平极高。11 世纪后，西藏受印度《时轮经》和汉地干支纪年法、十二生肖的交互影响，开始采用时轮历。《时轮经》提到香巴拉国王，其传法的最后一年为"胜生"，此经于 1027 年传入藏地，正当阴火兔年（火兔的藏语为"绕迥"）。藏族就以此年始，每到下一个绕迥轮一个"胜生周"，其间也是 60 年。所以，无论汉藏，6 个

60 年都特别圆满吉祥。

　　木里大寺径以"木里"命名，这就足以彰显其特殊地位了。其实，它就是名扬国内外的"木里喇嘛王国"的政治、宗教、文化的中心。从 1656 年到 1958 年，历经扩建，木里大寺占地 200 多亩。历史上的面貌极尽庄严：白色围墙高大坚厚，四面有大门，八方有小巷。佛殿林立，金碧辉煌；僧舍栉比，错落精致。学修机构完备，显密兼综。

　　论佛殿，有 108 柱、8 根通天柱、三楼一底、能容上千僧人的大经堂，其三楼是香根活佛的寝殿，属活佛与随侍专用；有 48 柱、二楼一底的护法神殿念迥称勒嘉布，二楼设有天文历算研究机构和木里杰布的部分衙署、大白伞佛母杜嘎殿、木里大寺最高管理机构"根松"的办公楼吉康，等等。

　　此外，寺院最高处，还有一座优美无比的寺中寺曲拉（"法园"）寺。这是木里大寺的显宗学院（藏语"村你扎仓"），由七世香根活佛昂翁鲁绒·巴丁嘉措始建，设有半露天的讲经台、辩经场、印经楼。自有围墙，独成一体。这是一座藏传佛教文化的宝库，藏文化的博物院。别的不说，其中就收藏着历代达赖喇嘛、班禅大师赠送给香根活佛、木里杰布的无量奇珍。这里就举两样：八世达赖赠送给六世香根活佛的 35 幅极其精美的唐卡；用黄金、白银、玛瑙等珠宝研汁写就的大量藏传佛经。

更要提及举世闻名的强巴康（弥勒殿），是一座三楼一底的宏伟藏式建筑。里面供奉着震惊过世界的铜质鎏金坐式弥勒佛像，顶天立地，雄狮须弥座占了底层，佛身占了二至四层。大佛由三世香根活佛昂翁衮曲和四代木里杰布崔称桑布于 1711 年开建，居然只用了不到三年的时间，1713 年 4 月竣工。可见当时的木里王国丰裕富足，人民信仰虔诚炽烈。装藏由五世班禅大师洛绒益西加持赐予，舍利、奇花异草、红宝石、映青石、蓝宝石、蒂亚甲、金刚钻等等，数量多达二十驮！强巴佛像高 26.73 米，这又是一个无法解释的神秘数字。后来者拥有了精密的现代仪器，才测出强巴殿所处的海拔正好是 2673 米！

作为康藏地区最大的格鲁派寺院之一，过

去的木里大寺常住僧人过千。按传统，一僧一舍。据说，当年马驮了货物，就几乎无法在寺中的小巷间穿行。为了做饭、熬茶，寺院于1829年（清道光九年）请工匠铸造了5口青铜大锅，直径1.1~1.8米，深0.6~1.3米。

按例，近寺也建有木里杰布的"综合办公大楼"拉章。至于木里大寺完备的学经体系、各种法事，就不能详细介绍了。

木里大寺建成两百多年来，由于地理环境封闭，一直身藏崇山峻岭，几乎不为外界所知，被罩上了厚厚的神秘大氅。前面提到过的美籍奥地利裔探险家约瑟夫·洛克于1924年12月、1928年5月、1929年9月三次来到世外桃源木里，我们完全可以想见他震惊得目瞪口呆的样子。他留下了丰富的文字记载和照片资料。不久，著名的《国家地理》上发表了图文并茂的《木里黄教喇嘛王国》，这份严谨的名刊用诗歌语言，称木里为"上帝流连的花园，神仙居住的地方"，称木里大寺是"雪山下最美的寺院"。瞬间，木里和木里大寺名扬西方。后来，名作家詹姆斯·希尔顿据此撰写了《消

古寺煨桑·呷绒翁丁　摄

失的地平线》，"香格里拉"这一梦幻般的名词风靡世间，对尘俗凡人发生了催眠般的奇妙作用。

正是洛克向世界介绍了木里，留下了数量可观、独一无二，今天更觉珍贵的资料；却也将很多珍贵植物和奇珍异宝带离了木里。今天，这位令人爱恨交加的异乡人的著述并不难找到。它的传记《苦行孤旅》和重要著作《中国西南古纳西王国》更是翻译成了中文，一索即得。可惜，似乎读者不多。

由于历史原因，木里大寺也命运多舛，难逃劫难。1959 年后，它成了木里县全境唯一保留的寺院。大小 21 所寺庙里年老体弱、无家可归的 37 位僧人集中在此，组成了"留寺喇嘛生产组"，归生产小队管理。"文化大革命"给了昔日传奇般的木里大寺最后一击：僧人被驱离，文物被毁灭。堪称世界最高鎏金铜佛的强巴佛也没有幸免：在人间只残留下一节小手指，直径 25 厘米、长 37 厘米，重 3.5 公斤；大佛当年所披的锦缎坎肩本应有近 50 平方米，也是世界之最，却只留下一块边长 7 米的三角形残片。

　　1978 年十一届三中全会后，民族宗教政策全面贯彻落实，藏传佛教逐渐重兴。1982 年，前世班禅大师将木里大寺列入应于恢复的"全国蒙藏地区'文革'前保留的 24 座藏传佛教寺院"。木里大寺终于迎来了新生。

　　夜深了，我却抑制不住内心的激动，因为，明天就可以一睹古老的木里大寺的新貌了。一夜无眠。

深谷古刹·扎西旦珠 摄

九　今天的木里大寺

　　14 日一早起来，并未下雨。我们退房，将
行李搬上车，做好了两手准备。去木里大寺，
如果赴泸沽湖的那条乡道可通，就由此离开；
如不通，则返回香巴拉大酒店，再作考虑。

　　县城乔瓦镇到木里大寺 100 多公里，高速
公路个把小时。在木里可不能如此计算。我习
惯性地问香根活佛和偏初："路好走吗？"回
答是："今天的路非常好走，都是油路！"有
了这几天的"好走"，我实在不敢当真了。岂
能指望活佛的标准和我们俗人一样？

　　幸好有了思想准备。确实是柏油路，但是
一出县城又被甩贴到了悬崖之上。远远望去，
道路像极了松松地扎在一群绿色巨人额间的细
细白线，从一个绿巨人额上蜿蜒到下一个绿巨
人额上，没有尽头。一边照例是刀削般的千米

深谷；其下是理塘河（也叫木里河），被电厂大坝截住段落的平静如镜，没有截住的则如雄狮咆哮奔腾。

路当然还是窄，路面坑洼、山石崩落、基础塌垮，自非罕见。我毕竟修炼过了，颇感"不难走"。可是，昨天冒冒失失冲进来的那两位，后来告诉我，惊险绝不亚于进木里的道路。

偏初开车，一路绝尘，经常停车等候我们。车行4个多小时后，我们来到了瓦厂镇你易店。一看这地名，顿时哭笑不得："你易"？我容易吗？！

木里大寺就坐落在此地更高的山上。盘山泥路狭窄、急弯、颠簸。临近山顶，眼前闪出一条崭新平整的柏油路。正喜出望外，前面仁波切的车子却停了下来。我不禁纳闷了：这里的景色当然绝美，但是，山顶的视角难道不更好？再则说，这两天，我们都已经被美景灌醉了，更想赶紧礼拜木里大寺。香根活佛总是特别地善知心曲，何以在此停步呢？

紧接着发生的事情，就任谁也无法揣想了。起因正是新路。

康坞之夏·刘仁勇 摄

藏区的道路金贵，木里更是如此。柏油路面不久前刚刚铺上，为了不让水分过快挥发，一长段路面还盖着塑料布，当然经不起哪怕是越野车的碾压。我一想，反正前面也远不过几里路，完全可以安步当车。步行拜佛更诚心。

　　这时，仁波切说道："别看路不远，走的话，一上一下也要两个多小时。我们时间紧。只用绕开这几百米新路面。过了那里，寺庙的喇嘛们准备好了摩托，我们可以坐摩托上去。"我们倒有点小小的激动，这可是前所未有的体验。

　　然而，仅凭沿着前面铺着塑料布的新路的边边走上不到 100 米，就让我们的小激动蒸发成了大悸动。踮着脚尖，为了避免踩到路面，只能走在约莫二三十厘米宽的水泥路沿上。壮起胆子，或者是无法控制，眼睛余光一扫，脚下就是千米悬崖！

　　大家展开双臂，平衡身体，摇摇晃晃地踮了过来。心还扑扑跳着，就看到前面的山弯处，已经停好了十几辆摩托。骑手都是喇嘛，每辆摩托上都系着黄色的哈达，领头的一辆还插着法王旗，那当然是活佛的座驾了。感谢仁波切和喇嘛们深情厚谊，安排我坐的那辆，特意选择座位后面的小靠箱是黄色的。这是视我作为主宾的礼遇了。

感动和惊奇间，抬头一望，却见前面的山路尽管也铺上了水泥，却全是急弯，窄窄的，靠悬崖那面照例绝无护栏、隔离墩，路面上还有显然是新鲜滚落的成堆山石。但是，谁会因为恐惧而放弃前面的木里大寺呢？

四位喇嘛满怀尊敬地合力将身穿袈裟的香根活佛抬上了摩托。法王旗随风飘扬，我紧接其后。摩托车队浩浩荡荡，往山顶驰去。

这一途短短几公里，却让我们所有人终生难忘。

山路坡度大，路面窄，急弯多。喇嘛们显然已经努力减低车速了，我们的感觉依然是快。每当转弯时，车辆自然要倾斜车身，并且靠着悬崖边行驶。我，同行者肯定也是，惊恐到了极点，想闭眼又不舍，只能死死抓住可以抓的地方或抱紧前座的喇嘛。出于心理上的极度恐惧，物理上，我们全身一定是和喇嘛拧着反向

活佛讲经·刘仁勇 摄

使劲，这必定给喇嘛们增添了不小的麻烦。现在想想，实在汗颜。

好似过了很长时间，其实只有短短一二十分钟吧，摩托车队驶到了顿显宽阔的山顶平地。悠扬的法螺发号声开始传来，煨桑的香味荡漾在清冽的空气中。经过最后一弯后，巍峨俊秀的神山甲肃色拉，耸立在了眼前。

金碧辉煌，高举直欲挽住群峰的木里大寺，就安详庄严地背倚神山而建。大寺台阶下的广场上，一如康坞大寺，一位喇嘛手擎黄盖大伞，其余的僧众和信徒手捧哈达，九十度弯腰，恭迎仁波切。我们恭敬地接过仁波切为我们戴上的哈达，心里充满了感恩。我无意间注意到，队列中有两位年轻的喇嘛，按照藏传佛教仪轨低头，不敢直视活佛，双手捧着哈达，单手则捏住手机，正在偷偷地拍视频。他们也并不容易见到香根活佛，也想留下难得的影像资料吧。

木里大寺过去的盛况，前面已经做了简单的介绍。现在的木里大寺，20世纪80年代开始，在木里县政府的大力支持下，恢复重建。当时的主持者是德高望重的居里活佛和其他老僧，其中贡献特大的是九世木里香根活佛和居里活佛之弟，"文革"期间还俗的甲央巴丁。也正是居里活佛，备尝艰辛，严格按照藏传佛教传统寻访认定了今天的十世香根活佛，并于1992年主持了盛大的坐床典礼。

1987~1989年，三楼一底的念迥康殿以及两座僧舍、茶房完工。各族能工巧匠云集，木匠来自达咀的蒙古族，石匠来自水洛、麦日、桃坝，画匠来自云南迪庆，塑像艺人来自甘孜。僧人也逐渐回归寺院，年轻的僧才得到传统与现代相结合的教育。当地政府落实国家"天保工程"，将大寺周围几百亩荒地封山造林，种满了杉树、红梅、香柏、冲天柏、花椒、核桃。

重建之路是不容易的。当地地质结构特殊，大殿出现了裂缝，2007年被鉴定为危房。为了保证僧众信徒的安全，十世香根活佛亲自就近选址，敦请西藏著名的建筑师却吉建才活佛实地考察，重新设计，于2009年开工。我们现在看到的大殿，就是这次重建的成果。

现在的大殿96柱，中央通天柱8根，面积2600平方米。合抱的实木梁柱，由康巴地区的有名工匠按照藏族佛教艺术传统，施以深浮雕，形形色色的龙凤、祥云、兽头、花卉、梵偈精美夺目。里外的壁画彩绘，依古法，全用矿物原料绘成，色彩鲜艳沉着。大殿地板一律桦木铺就。天花板聘请尼泊尔画师，以传统九宫格绘坛城、空行仙女、七瑞八宝，以及九尊佛像，仰望为之目眩。

当然，我们不会忘记强巴大佛。

大殿二楼为藏经阁，供奉度母等像。设计巧妙，可以直接通往强巴佛大殿。十世香根活佛应信众与海内外善信之请，于 2009 年 5 月 3 日的吉日，举行了重建木里强巴佛的奠基仪式。当天夜里，月相居然呈现为清晰的跏坐佛像。现场的很多人都拍下了照片，现在也供奉在大殿里。天人感应合一，真是不可思议。

为了尊重历史，就在原址上侧动工。我们提到过，原来的强巴佛像高 26.73 米，300 年前的藏族先人如何精确知道此地海拔 2673 米，又使山佛对应，已成谜团。今天，佛座略高了，所以，新的强巴佛高为 27 米。装藏珍贵稀有，吉祥具足。容纳大佛的大殿更是高达 10 层，48

燃灯·刘仁勇 摄

米，上覆金顶。香根仁波切率领四众善信，经过几年的努力，新佛将于今年 11 月 22 日殊胜吉日开光落成。

仁波切发出了两个感叹：一是，过去的大殿也是几十米高，却完全是藏式土木结构，今天已经找不到工匠能够完成了，所以，只能以钢筋水泥建造；二是，现代的制作水平、交通运输能力超过古人多矣，重建强巴佛，从发愿到完成，用了整整 8 年光景，300 年前的木里人却只用了不到 3 年。我们都对藏族先民的愿力和成就由衷敬佩赞叹。

木里的佛教重兴有一点特别值得赞扬：绝没有很多地方常见的弃旧唯新，滥拆滥建。相反，木里活佛格外珍惜传统，敬畏历史。重修康坞大寺不动木里杰布衙署残存遗迹的一砖一石。木里大寺也是如此，还特意为仅存的老寺残垣加盖了大顶，予以呵护。"我们文化古老，但历史遗产实在太少了，不能再毁在我们这一代手里了"，仁波切慈悲凝重地说道。

毋庸讳言，重硬件、轻软件，重殿堂、轻管理等等，这些都是当下的中国佛教急需正视和解决的问题。木里的佛教基本无此流弊。香根活佛严格按照宗教政策与藏传佛教戒律仪轨，进行管理。比如，在木里，出家的僧人必须在寺院居住，除了藏历新年等，一般不能回家；僧人不能私自应信众之请做佛事，必须由寺庙统一安排，等等。我无意间看见，有个信徒悄悄供养了一百元给一位喇嘛。这位喇嘛当即移步，将钱交给了并不在近旁的偏初。早就知道，偏初一人兼数职，同时担任活佛的司机、助理、秘书，这才了解，敢情他还兼着财务。

木里大寺是藏传佛教寺院中获得表彰、荣誉最多者之一，实至名归。

山上的消息是，那条通向泸沽湖的乡道没有封闭。得知此，我的心情很是复杂。开心的是，我们不至于被堵在木里，耽误后来的工作行程了；难过的是，这次木里之行看来真得提前结束了。坦率地说，难过更多一些。

中午时分，我们辞别木里大寺，动身下山。或许是为了让我加深印象，竟比上来时更加惊心动魄。

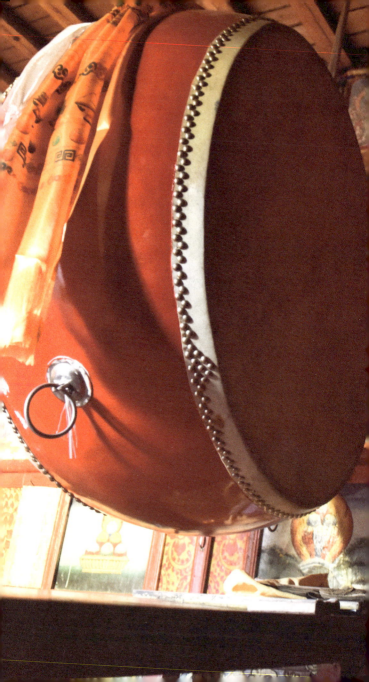

经·刘仁勇 摄

十 暂别木里

中午时分，我们准备下山。一路引导我们的香根活佛突然没有了踪影。陪同上山的翁丁部长解释说："仁波切有些寺庙法务要处理，让我们先下，等会山下一起吃午饭。"也是，木里三大十八小共二十一寺都以仁波切为寺主，哪一间没有事情等待活佛决定呢。

可是，没有了仁波切的座驾，我那辆摩托可就成了下山的首车。上山时，有活佛和法王旗在前面，遮挡住不少的险景，我尚且心惊胆战。下山难，领头下山更难！更不必说还要坐摩托下山了。

怎么说，也总得下去。我打头上了车。路还是原来的路，但是下去的感觉和上来全然不同，坡度顿显更陡，视线直直被往下牵去，一望无际，了无阻挡。可能习惯了省油，喇嘛们下山时竟然挂空挡，任摩托自由下滑。经过那段铺着塑料布的路面，我真担心摩托会随时滑倒，一旦如此，人除了被甩下悬崖外，几无其他可能。午饭时，同行者告诉我，他们当时的感觉和我别无二致。

终于到了停车处，我们下了摩托，向若无其事的喇嘛车手道谢告别。这又发现，紧跟我下山的翁丁部长不见了。在木里，我变得尽量不往下望。抬头四顾，就缺了翁丁部长一个。鬼使神差一低头，发现他正蹲在近处路旁悬崖边，揭开修路工的饭锅，一一查看，时而汉语时而藏语地，和他们聊着天。

这一幕触动了我。前不久有媒体报道，某个县的书记蹲下身子，与群众交流，大家一片赞扬。我用微信转发了这条消息。我的朋友，甘孜藏族自治州统战部蒙兴甫副部长淡淡地留了言："我们在藏区经常这样。"信然斯言。顺便说一句，好像统战部长一般都由常委兼，但翁丁部长同时是木里县委副书记。我没有打听，想来这样的破格安排，一定有它的道理。

我们在瓦厂镇镇政府食堂吃午饭，仁波切

古寺梵韵·刘仁勇 摄

也赶到了。我谈了坐摩托上下山的感受。香根活佛平静地说道："喇嘛们今天开得很小心了，平时他们开摩托是不走公路的。"我好奇地问："那走哪里？""山上人走的羊肠小道啊"，仁波切静静看着我。

活佛还告诉我，以前的路况更差，但是四川省很多领导都到过木里大寺。远的有原省委书记刘奇葆先生，近的有省委常委兼统战部部长崔保华先生。这实在让我敬佩。

惊恐过后的饭菜总是分外香甜。狼吞虎咽干掉一大碗饭后，才觉得今天的饭菜完全是汉餐川菜的味道。定睛一看，灶台就设在我们吃饭的房间里，掌勺的是一位身材挺拔、颜值很高的汉族小伙子。赶紧道谢，一问之下，小伙子是邓小平故乡广安人，毕业于四川文理学院数学系，刚刚来到这里，执教于瓦厂镇中学（似乎也是香根活佛的母校）。我向他到偏远地区支教表达敬意。谁知，小伙子和旁边的藏族朋友都笑了起来。看我丈二和尚摸不着头脑，小伙子说道："我不是来支教，我是来正式工作的。"翁丁部长显然很熟悉他，在一旁说："他的女朋友也来我们这里了，安家落户了！"小伙子有点害羞，旁边的藏族朋友说，他的女朋友就在隔壁为他打下手。赶紧过去道谢，那是一位温婉清秀的达州女孩，与小伙子同校，学的是财会专业。难道不正是因为有这样甘于奉献的年轻人，未来才充满希望吗？当然，这也说明木里自有独到的魅力。

饭毕。翁丁部长和张林清局长要到附近的乡村检查工作，我们就此别过。我真诚地欢迎他们到上海来休息一下，调剂一下。对于翁丁部长，则是故地重游。短短两三天，我看见了他们的工作，他们的付出，他们的担当。藏区的发展和谐，离不开这样的好干部。我们结下了深厚的友谊，相约尽快再见。

还是仁波切引路，我们折向乡道。大寺到泸沽湖120多公里。假设没有我们拖累，偏初用3个多小时就可以赶到。有了我们，自然没有可能。我们的车速对于康巴汉子来讲，是难以忍受的。反正只有一条路，丢不了。于是，偏初就尽兴开一会，领先一大段，遇到略微宽些的地方，就停车等我们。偏初有使不完的劲，

月照瓦多·中央次尔 摄

又能够如履平地地登山，他就时常到旁边的悬崖上采摘野果，用清澈的山泉洗净，让慢慢跟上来的我们得尝天馐，大快朵颐。这些果子或大或小，我见所未见，闻所未闻，当然也就没有相关的味觉记忆。但是，真是美味到无法描写。

这条石子泥路全程只有4米多宽，全在杳无人迹的高山深谷间盘旋。它的险峻是不消说的。然而，我们毕竟经过了这几天的考验。用同行者的话来说："每天醒来就挂在万丈悬崖上。"这就不再一惊一乍了。路面虽然简陋，却维护良好，临悬崖面居然都有很好的护栏，虽难免有坑洼塌方，但好到已经大大出乎我们的预料。沿途都是郁郁葱葱的原始森林。有的地方，早先的砍伐痕迹依稀可见，不过，封山停伐的效果更是显著。这还有个特别的妙处，茂密的参天古树遮住了悬崖直壁的惊险，赞助了我们的"眼不见为净"的鸵鸟政策。整条路安宁静谧，车辆极少。车汉子卢敬一路在数，100多公里，我们遇见的车子正好十台。其中不包括特殊的车辆。仿佛是为了让我们回味，途中山高处，竟然还遇见了五辆一队的摩托。我不禁为这些驴友的无所畏惧叫起好来。

这条路走的人实在是少。像我们这样从木里大寺向泸沽湖走的车更是罕见。反向亦然。偏初说，今天遇到的车已经算多的了。

车行四个多小时后，我们来到了这条乡道的最高点，海拔 3800 多米的垭口。这里是木里和盐源的分界处。迎面正是著名的神山巴登拉姆（即"吉祥天母"），风姿绰约地遗世独立。仁波切早已到达这里，竟然在这里还能够遇见一家熟人，藏族男主人曾经担任过共青团木里县委书记。我再一次为藏族同胞亲近自然的人生态度所折服。

小 L、小 G 的别克商务也吭哧吭哧地赶了上来。大概连车辆也知道，最艰苦危险的路段已经过去了。于是，原本已经稀里哗啦的底盘挡板，一到此，宣告彻底脱落，撒手退休。

我们都停车下来，欣赏这真正无敌的、根本无法摹写的天下美景，任由自己陶醉。在我眼里，巴登拉姆神山焕发出垂青的笑颜，仿佛在褒奖我们克服了艰难险阻，终于得睹它的芳

降福·中央次尔 摄

容；又仿佛微微颔首，与我们达成了再见的约定，不论今世或是来世。

我只想领略，不想记忆，更不想描写。当年，洛克由此经过，进入木里。然而，对这一段，他却没有留下与此大美匹配相当的文字记载。我能够理解他的无力感。套改一段汉文化的甚古传说吧。孔子登泰山，叹曰："一览众山小。"予后生小子耳，有幸足履孔子不能到处，却叹曰："一览众大山小。"噫！

离开了木里县境，不过且慢，我们的木里之行还并没有结束。

十一　泸沽湖畔的藏传佛教

　　翻过木里与盐源的垭口，到泸沽湖只有近五六十公里了，基本一路下行。盐源县境内的路面情况略差，不过我们已经很满意了。

　　说垭口是分界，只是人们的习惯认识，并非今天严格的行政区划线。这一片古时都属木里。渐渐地，久违了的平地陆续进入眼帘。平缓下来的山谷间种满了各种植物，绿意盎然。村落不多也不大，小院三三两两，朴实无华，古色古香。当然，也有不少新房，却都保持了鲜明的民族特色，汉族、藏族、彝族的房子，一眼可辨。这里是多民族聚居地，很久以来，蒙古族、纳西族也早已是世居民族了。

　　这次木里之行，限于时间，特别是路况，我们只去了三大寺中的康坞大寺和木里大寺，瓦尔寨大寺则未及拜访。同样有名的十八小寺

原始林区·刘仁勇 摄

更是无一结缘。在这里，我们却看见了其中之一的仁江寺，精致幽静，坐落在不远的小山岗上。可惜，中间虽然只隔着一条小河，倘若绕到对岸，也需个把小时。近在咫尺，却失之交臂，我很是懊恼。

香根仁波切又在前面小村落边的台地上等我们，向我们介绍，就在他小时候，也就是二三十年前，这里还保持着古老的家族制度。走婚风俗，以此地最为典型。仁波切喝着红牛，想来，这几天活佛也是很疲劳了。

我们此行最深的感受是道路的凶险和民风的淳厚。多年以来，我一直在思考文化和文明的关系。按照当下占据主流的，明显带有西方色彩的"文化"标准，当然不能说木里以及周边地区的文化程度有多高；但是，其文明程度却令我们感叹。

这里的孩子们都灿烂而善良，遇见过车，都会让在一旁，挥手笑着打招呼。我们几天所见，都是这样。此前在别的地方，则单个或结队的孩子，拦路要钱，我们见过远非一两次。

这里的人们和动物和谐共处。路窄，被羊

群、牛群塞住，是常见的事情。我们从来没有见过司机猛按喇叭驱赶。在这里，我们的车就被一群白鹅和大雁组成的联合部队挡住了去路。它们昂首阔步，旁若无人。我们当然停车等待。主人不久赶来，好说歹劝地将这些路霸劝离，自己闪在一旁，笑着向我们挥手致意。我们也曾停车等待山羊群的头头决定走哪边。一只黑白分明的小山羊无比欢快地从我们车旁跑过，脚步轻盈，羊毛颤抖，简直跑出了马术比赛中的盛装舞步。惹得同行者恨不能跳下车，将它抱走。

　　我们是入境随俗。谁能说，这样的民风民俗不文明呢？其实不必讨论，文化与文明既不可分，又并非一事。文化难断优劣，文明自有高低；文化凌空，文明落地。反正，旅人行者自可感受。如何在学习现代文化的同时，保护住原有的文明，是一个绝不简单的课题。

　　一路前行，终于出现了高等级的公路，我们又看见了路面上白色、黄色的分道线。同行者欢呼雀跃，纷纷拿出手机，向家人朋友报起平安来。然而，这段好路只延续了短短的几

静谧 · 胡兴华 摄

公里。

前面又是一座山，南红色的泥山。高峻、陡峭、悬崖、狭窄、坑洼、塌方，应有尽有。放松了的心情再次收紧。更要命的是，小 L、小 G 的别克商务车还亮起了油尽的红灯。好在依然有惊无险。

仁波切是想让我们登上山顶最高处，这里才是欣赏泸沽湖的最佳位置。

下山不远就是泸沽湖景区了。车辆多了起来。挤逼抢道，随意停车；人声喇叭共鸣，空瓶垃圾齐扔。这场景何等熟悉，顿时重现。酒店号称四星。服务员面无笑容，爱理不理，态度甚差；房间用品缺缺，设施损坏，污渍多有。这正是我历来避开旅游点的原因。

放下行李，赶紧走出去，也是触目嘈杂混乱。我们想请仁波切和偏初吃晚饭，略表心意。活佛笑笑："我已经安排好了，请你们跟我走。"

心里有太多的问题，积累了一路，要向仁波切请教，我就上了活佛的坐车。香根活佛耐心指点着我，不知不觉间，车行过了半个小时，旁边已是田野农村。仁波切这才说："我的姐姐嫁到这里，我让她在家里做好了饭，请你们尝尝家常菜。"这份心意太重了，不是感谢两字可以回答的。

夜色渐暗，我们的车拐进了村子。堆堆桑烟早已点起，藏香阵阵。路边的泥地上，虔诚的信众跪地叩首。一队村民和喇嘛吹响法螺法号，举着香炉，迎候尊贵的香根仁波切。

活佛也显得有点吃惊，对我说："我这是第一次到姐姐家，以前还从未来过。原来只想陪你看看藏民最真实的生活。大概是姐姐说我会来，乡民信众就知道了。"

信众们低头叩首，仁波切的车过去了，接着叩向后面的车辆。我们的司机赵文科后来告诉我，他从来没有见过这样的场面，吓坏了，几乎不敢开门下车。

我们沿着玉米青纱帐之间的小道，走进了活佛姐姐的家里。这是一座标准的藏式院落，四周是房间，都用原木建成。院子里香烟缭绕，经幡飘扬，水泥地面干净整洁。

跟着仁波切进入房间。房间里佛龛上供奉

信众·刘仁勇　摄

的正是香根活佛的法相，墙上挂着精美的唐卡。屋顶叠架通透，房间中间地上依照藏族习惯有地火坑，上面煨着铁茶壶。仁波切的姐姐安静地微笑着，一直闪在旁边。喇嘛们恭敬地将活佛迎上高座。蒙活佛一再坚持，我们也在旁边高座盘腿坐下。这实在太过僭越了。面前的小桌上布满了新鲜水果、油煎面点、糌粑、奶酪。当然少不了热腾腾的喷香酥油茶。藏传佛教的规矩，供奉活佛的饮食，容不得丝毫不净。活佛的食具都是单独的，嵌金镶银，备极尊崇。给仁波切斟茶的喇嘛戴着口罩，每次斟完，壶口都用精细的纸花塞上。

喇嘛们先向活佛如仪恭行大礼。我请教了下，这些喇嘛来自村庙，属苯教，并非格鲁派。但香根活佛地位特别崇高，他们也须行礼致敬。

托姐姐的福，香根活佛来了，而且还是首次莅临，这样的殊胜消息，怎么可能瞒得住？数以百计的村民拥满了院子内外，又极尽恭敬悄无声息地陆续进入房间。上到八十岁的老太太，下到蹒跚学步的孩子，都向活佛行礼，敬献哈达。仁波切微笑着，为信众们一一摸顶赐福。信众们的幸福满足漾满了脸庞。

不知多久，摸顶结束了。一位喇嘛弯腰进来，低声向仁波切禀告。外面的乡民不愿散去，还想聆听香根活佛说法。活佛慈悲首肯，移步院子。廊下铺设了简易却庄严的法座，信众们或蹲身或盘坐，有的叩首，有的叩起长头，安静地听法。

尽管我在北大求学时，奉恩师季羡林先生之命，到当时的中央民族学院从著名藏学家王尧教授学过一段时间藏语；后来留学德国，也还接着学了一些时候。但当时既未学好，于今早已生疏。除了有限的几个单词，我完全无法领会活佛的开示。我真是后悔，发愿回去好好地重新学习。感谢旁边汉藏兼通的喇嘛，为我简单地翻译。活佛在开示信众：要保持虔诚和感恩之心，珍惜现在的生活；要学佛，大家和谐融洽地彼此相处，等等。

我惊奇地发现，活佛说法时，旁边还有一位翻译。他的翻译总是比活佛说的长出很多。说法临结束前，活佛短短的一句，翻译更是翻出长长的一大段来。喇嘛、信众们发出一阵轻

打酥油·刘仁勇　摄

轻的笑声。一问，才知道这位翻译就是仁波切的姐夫的父亲。这里多民族聚居，信仰藏传佛教的决不仅限于藏族，蒙古族、彝族、纳西族、汉族的信众也非常多。他们的语言并不完全相通。老人家是位语言天才，会说好几种民族的方言。为了让大家更好地理解活佛的话，他承担起多语翻译的重任。活佛最后所说的偈语，比较深奥，难住了老人家。他只好无奈地说："这下翻不出来了"。所以，大家笑了。

用完姐姐家原汁原味的丰盛的藏餐，我们辞别。姐姐、姐夫热情地欢迎我们再来作客。信众们依依不舍，又向自己的仁波切行起大礼，此起彼伏。我想，对于他们，这是无比幸福满足的一个夜晚。

这才得空走马观花地看了看村子。房子都像活佛姐姐家的房子，相当不错，显然物质生活不再是问题。现在，宗教政策又日见落实，信教自由，精神生活也充实了。可想而知，这里的人民是幸福的。

在我们，这更是一个难忘的夜晚。感谢仁波切和姐姐一家。

十二　凉山南红

旅游区的这家四星酒店实在不高明。反正，一夜睡得并不安稳。

15 日一早，我们开始返程。香根活佛真周到，要带我们绕行泸沽湖，观其全貌。泸沽湖现在分归四川、云南，车行不久就进入了云南地界。

道路当然已经好了太多。就在一个丁字路口，我们经历了最后一次山石飞落。大如圆桌的巨石，由天而降，就砸在走在前面的仁波切座车前方不到十米处。正当我们惊叹连连时，却惊讶地发现，活佛的车就在路口拐弯了。原来，仁波切计划去的地方正好不须直行！

这是泸沽湖云南一侧的一户藏族人家，紧挨湖畔。如同昨晚在活佛姐姐家发生的一样，早已有信众和喇嘛在门口恭候了。仪轨严谨具

僧人·刘仁勇 摄

足。这家可比姐姐家要大许多，装修豪华，应该是经商所用。果然，穿过门面房，后面是更大的院落，三面都是两层的藏式楼房，新近落成，布置成供游客居住的民舍，入眼清整。

仁波切被引入崭新的客厅。升座敬茶。今天没有成队的喇嘛，只一位僧人，向活佛行毕大礼后，专司奉茶。茶具是特为活佛精心准备的。斟茶后，壶口即刻塞上折叠成孔雀屏的纸艺，伴着茶香，一下子传来了浓浓的彩云之南的气息。这位喇嘛没有戴口罩，却按照古老的藏传佛教仪轨，口衔袈裟的一角。这是洁净近侍的意思。这位喇嘛属噶玛噶举，曾经在国外求学，言辞举止都稳重优雅。

百余位信众鱼贯而入，行礼，敬献哈达。仁波切逐个摸顶赐福。我问仁波切，现在是白天，这里还是旅游街区，何以来的信众没有昨晚多？香根活佛郑重解释道："现在的宗教政策是属地管理，这里已是云南，而我是四川的活佛。虽说，从历史、文化、宗教等方面看，这里都和木里关系更密切，很多人都是我的信众。我不能跨境做法事，对这里的信众，当然很不方便。但我要遵守规定。刚才的这些都是主人的亲戚和近邻。"不等我接着发问，仁波切又说道："这里的主人是木里人，多年的相识，房子新落成，一再请我来。再说，我原本想安排你们昨夜就住在这里的，今后你们来也可以住。因此，顺便带你们来看看。"按照属地管理是完全可以理解的，但是就宗教政策而言，是否应该更多地考虑历史传承、信众心理等人文因素，确实也是一个还可以深入研究的课题吧。

主人盛情招待午饭。这里是民宿，饭菜的口味自然要迁就外来的游客，基本就是川菜。今天的米饭很特别，清香可口，颗粒分明，每粒都有道细细的红线，我连吃了两大碗。仁波切说，这是周围的特产红米，种植面积很小，产量很低，亩产才二百来斤。饭毕起身，经过旁边的桌子，我才发现主人和刚才那位喇嘛吃的都是普通的白米饭。我恍然大悟，这是专门供活佛的珍米！我们实在僭越，不禁暗叫惭愧。

香根活佛在院子里诵经，抛洒青稞，这是为主人和新居祝福，也有汉地佛教洒净的意思。

强巴佛大殿·刘仁勇　摄

女主人告诉我，两个女儿都长大了，大学毕业后不在本地工作，一个还考取了政府公务员。他们精力不够，前面的门面租给别人了，每年租金三十万。现在政策真好，又有活佛保佑，他们很满足。听到这些，我真为他们高兴。

回程一路顺利。就在盐源临上回西昌高速的收费口，我们遇见了此行最恶劣的态度。收费口的小伙子不知受了什么气，故意拖拖沓沓，嘴里不干不净骂骂咧咧。我近乎悲哀地发现，自己并不愤怒，大概很快就恢复熟悉了。

西昌还沉浸在火把节的尾声中，人车俱多，一房难得。好在我们提前订了房，住进了新开不久的美丽阳光大酒店。虽然没有邛海宾馆的湖光山色和庭院之胜，客房却是我们更为习惯的西式布置。居然也提供枕头套餐，只不过可以选择的没九种之多，只有四种。而这，已经非常之好了。

香根活佛不听我们劝阻，一定要送我们到西昌，"善始善终"。西昌是大城市，可不像前几天，前面只有一条道。仁波切还是领头，但一进西昌，活佛的车忽然加速，甩开我们。

我们惊讶莫名，设好导航赶到酒店，这才发现仁波切已命偏初结了我们的房费；不仅如此，还在酒店餐厅订好了餐。

我们内心实在惶恐不安，坚辞但不获活佛许可。我想，仁波切或许想奖励我们这些沿海的城里人这一路不避艰险的虔敬之心吧。于是，恭敬从命。

这顿告别晚餐太丰盛了，装菜的碗盘都大如脸盆，从未领教过这等尺寸。或许，又是活佛的特别安排。我们彻底放松了下来，席间的话题逐渐转移，集中到如此美好难忘的木里之行，总应该有些特别的纪念物吧！我独裁决定买些凉山新近声名鹊起的南红，特别是佛珠；大家击节赞成，哪里还有比这更合适的呢？香根活佛说，明天还可以陪我们去。这可真是完美：凉山州唯一的仁波切，引导我们请购凉山所出南红佛珠！想想都殊胜。

第二天，我们兴奋早起。下楼，活佛已在大厅等我们了。香根活佛克己，从不住好酒店，不知昨夜下榻何处。我们一行前往西昌最大的南红市场。

杜鹃花·刘仁勇 摄

传统上，南红本不特殊，似乎并无籍籍大名。然而，随着中国经济的飞速发展，特别是收藏热的兴起，南红也进入了国人的视野。南红的温润、沉着、美艳，柿子红的全肉、热烈凝重的火焰、通透晶莹的冰飘，都摄人心魄，令人痴迷。不可自拔、沉溺其中的人日见其多。遗憾的是，传世遗留的南红毕竟数量有限，最早开发的甘肃南部的甘南红已告枯竭。今天的人们沿着地脉追寻，又在云南保山等地发现了矿脉。凉山周围的南红是新近发现的，但品位极高，达到了宝石级别，大有后来居上之势。

这是一大片市场，店铺鳞次栉比，井然有序，沿着市场内的巷道伸展，不见尽头。还有数不胜数的小摊，摆设在店铺门口地上。各族山民兄弟都摆出自己的南红原石，或大或小。有的开了口，可见石皮下的南红；有的只是浑然原石，这就要凭眼光，经验、胆气去赌石了。

市场数以千计的人摩肩接踵，熙熙攘攘。这里已经形成的产业链显然不止南红，比如餐饮，自然也随之繁盛。

我们不能让仁波切陪我们过久。加上我们

的时间也有限，更何况现在物流、网店日益发达，这里的上等品与北上广所见者比，在价格方面也并没有很大的差距。于是乎，同行者径直进入两家店铺，开始挑选。

仁波切与我则站在屋檐下，看着眼前这一切。活佛说："南红太热了，价格飞涨。这些山民都是自行挖掘，用最原始的方法，经常发生危险。不过，南红也确实增加了他们的收入，还养活了这里开着各种店的一大群人。大企业来开发固然好，可是一垄断，这些山民未必就能得到什么好处。机器一上，竭泽而渔，南红很快就会挖光，环境破坏恐怕更大。真是左右为难啊。"我能理解仁波切的心思，深然其言。

我们选购的南红佛珠还都可以算难得的上品。回到酒店，恭请仁波切诵经加持。我想不出，还有什么纪念品更合适、更珍贵了。

午前，就在酒店门前和香根活佛、偏初依依告别。但我知道，我们很快就会再回木里。

木里，这一片梦幻圣域，凡人即便用了毕生的时间，恐怕也难以看尽参透吧！

山谷人家 · 中央次尔 摄

佛塔·刘仁勇 摄

木里香根为呼图克图说

——木里政教史札记之一

钱文忠

　　我一直在努力学习藏传佛教的历史与文化。这次有缘探访木里，回来以后，更加留意和木里政教史有关的资料。我学识浅陋，能力有限，所得不多。但是，还是想将一些想法写出来，权当引玉之砖，作为进一步探讨的缘起。希望能够为推动木里政教史的研究，贡献一份微薄之力。

　　纵观整个藏文化区域，木里具有显而易

见的特殊性。主要体现在以下几个方面：

一、地理环境极度封闭，即使在今天，交通也是极度困难的。木里土司，即"木里大喇嘛"，一直采取严格限制外人进来、里面人出去的政策，且执行程度越来越严酷。木里的情况很难为外界所知。

二、地处藏文化和汉文化的极边地区。历史上，无论是中央政府，还是西藏地方政府，都没有对木里进行直接而有效的管辖，可以说是"两不管"地区。从行政区划分的角度看，木里时而归云南，时而归四川，都属土司管区。有关木里的历史记载，汉藏文文献都不多，而且非常零散。确实有一部藏文《木里政教史》，但篇幅很小，而且截止于1735年左右。其后的部分，究竟是遗失了，或者当时根本就没有接着往下写，还是一个有待研究的问题。

三、木里确实实行政教合一制度，但是，学术界对木里政教制度的特殊性尚有待加深认识。西藏政教合一制度，是教在政前，教重于政，教统摄政；木里则相反，是政在教前，政重于教，政统摄教。木里土司必须是僧人，一直又称"木里大喇嘛"。这在汉藏史料中，造成了相当程度的混淆。有时候，我们甚至难以区分藏文中的"木里喇嘛"、"木里顷则"、"木里吉学"，究竟是指木里活佛，还是木里土司。

四、第三世木里香根活佛（十七至十八世纪之交）之后，木里土司即木里大喇嘛得到清朝两次册封，一次在雍正八年（1730年），经四川巡抚宪德上奏，受封安抚使。一次在同治七年（1868年）晋封宣慰使。权势很快上升，从很早开始就凌驾于木里活佛之上。木里土司出自本地的八尔贵族，叔侄世袭二百多年，绝对称得上根深蒂固；木里活佛则采取藏传佛教格鲁派的转世形式。加上，第一代大喇嘛与第二世香根活佛同为一人，则大喇嘛与香根活佛转世系统又大有关联。诸多因素结合到一起，发展到后来，土司完全掌握权力，甚至连木里活佛外出，竟然需要报请土司批准。这种情况，对我们了解木里佛教历史和木里活佛转世系统，都有很大的不利影响。

上述当然只是言其大概。木里的情况特殊而复杂，问题很多，非常具有研究的价值。我在这里选择其中的一个问题，即木里活佛转世系统的称号，略作探讨。

众所周知，对于藏传佛教的任何一个活佛转世系统而言，历史上获得过哪些敕封称号，都是极其重要的问题。因为这些敕封称号反映了该转世系统在藏传佛教史上，乃至藏文化历史上的地位与影响，绝不可等闲视之。

就我阅读的历史资料来看，木里活佛在历史上曾经得到过西藏地方政府和清朝中央政府的多次敕封，可以明确判断的，大概有如下几次：

一、早在藏历水鼠年（清康熙十一年，1672 年），第五世达赖喇嘛就在拉萨甘丹寺的甘丹颇章，封第三世木里活佛为"朵麦堪布大法师"，并授予印信。这次封赠称号见于《木里政教史》。

二、木里活佛与第七、八世达赖喇嘛的关系也非常亲密。与第七世达赖喇嘛的关系具见章嘉·若贝多杰著《七世达赖喇嘛传》（蒲文成译，中国藏学出版社 2006 年版），但是没有提到封号之类的事情。第穆呼图克图·洛桑图丹晋美嘉措著《八世达赖喇嘛传》（冯智译，中国藏学出版社 2006 年版）则有重要资料。水兔年（清乾隆四十八年，1783 年）正月十五前后两天"赐木里活佛桃形僧帽为主的喇嘛法衣、马鞍全套、马旗、马鞭等，并封予封号。""然后还告诫他们说：你们应该为本地方佛教众生利乐，讲经和修行，勤之嘉勉。"（123 页）可惜，究竟是什么封号，没有记录。同书 201 页还提到，木虎年（清乾隆六十年，1794 年）正月初七，"上密院木里堪布特遣管家前来祈寿献礼。次日，达赖喇嘛赐予《十六罗汉的供奉仪轨》诵经经文。"熟悉藏传佛教的都知道，上密院堪布是一个非常高级和重要的职位。

另外的两个封赠就更重要了。有一段史料特别重要，大家经常引用，但似乎没有人谈及它和木里活佛转世系统的关系。清朝头等重要的政典《钦定大清会典》卷六十七《理藩院》（中华书局1991年版《清会典》影印本第620-621页）：

"以黄教行于蒙古唐古特者曰喇嘛。唐古特僧宗喀巴，始以黄教授其弟子达赖、班禅后，其教遂盛，蒙古、番族无不崇奉。凡喇嘛，有驻京喇嘛。驻京喇嘛，大者曰掌印扎萨克喇嘛，曰副掌印扎萨克喇嘛；其次曰扎萨克喇嘛，其次曰达喇嘛，曰副达喇嘛；其次曰苏拉喇嘛；其次曰德木齐，曰格斯贵；其徒众曰格隆，曰班第。热河、盛京、多伦诺尔、五台山各庙，皆分驻喇嘛，定有额缺，按等升转，与驻京喇嘛一例。又伊犁之掌教堪布一人，四川懋功之广法寺堪布一人，系由驻京喇嘛内派往，三年一更代。驻京喇嘛中，历辈阐扬黄教，如章嘉呼图克图、噶勒丹锡呼图呼图克图、敏珠尔呼图克图、济隆呼图克图，或在京掌教，或赴藏办事，俱曾加国师、禅师等名号。乾隆五十一年，高宗纯皇帝钦定喇嘛班次：左翼头班章嘉呼图克图，二班敏珠尔呼图克图；右翼头班噶勒丹锡呼图呼图克图，二班济隆呼图克图。皆列于雍和宫总堪布、避暑山庄普宁寺总堪布之上。其余驻京之呼图克图，有洞科尔呼图克图、果蟒呼图克图、那木喀呼图克图、鄂萨尔呼图克图、阿嘉呼图克图、喇果呼图克图、贡唐呼图克图、土观呼图克图。多伦诺尔有锡库尔锡呼图诺颜淖尔呼图克图，皆出呼毕勒罕，入于院册。（下略）有藏喇嘛。西藏喇嘛，自达赖喇嘛、班禅额尔德尼外，尚有第穆呼图克图、噶喇木巴呼图克图、色木巴呼图克图、布鲁克巴呼图克图、嘉拉萨赖呼图克图、鄂朗济永呼图克图、朋多江达笼廟之呼图克图、摩珠巩之志巩呼图克图、贡噶尔之嘉克桑呼图克图、奈囊保呼图克图、朗呼仔之萨本党多尔济奈觉尔女呼图克图、觉尔隆阿里呼图克图、楚尔普嘉尔察普呼图克图、多尔吉雅灵沁呼图克图、伦色之觉尔泽呼图克图、协布隆呼图克图、摩珠巩之志巩小呼图克图、达拉冈布呼图克图，凡十八人，及沙布隆十二人，皆出呼毕勒罕，入于院册。呼征呼图克图原系沙布隆，今为呼图克图。有番喇嘛。甘肃之庄浪、河州、循化、西宁、岷州，四川之木里及将入藏境之乍雅、察木多、类乌齐各番寺，皆喇嘛居之。其出呼毕勒罕入院册者，庄浪二人，西宁三十三人，木里一人，乍雅、察木多、类乌齐四人。有游牧喇嘛。（下略）凡喇嘛有行者，能以神识转生于世曰呼毕勒罕。皆入名于奔巴金瓶而挚定焉。"

这条记载堪称是藏传佛教史上顶级重要的史料。学界一致公认，入理藩院册是得称呼图克图的根本条件。入册者必可称呼图克图。清朝究竟封了多少呼图克图？我看到的就有140多位、160位、243位等多种说法，我也发现，历史上达赖喇嘛也曾经颁赠过"呼图克图"、"诺们罕"等称号。但是，无论如何，名列理藩院册的，是绝对有资格可以称为呼图克图的。这一点毫无疑问，向来没有争议。

木里和别的藏文化区还有一点不同，那就是木里全境只有一个活佛转世系统。因此，我们说，木里活佛是呼图克图，是完全有历史根据的。上述的这条史料还可以和《理藩院则例》、《理藩院事例》等互考。从史源学角度看，也是无懈可击的。

那么，是第几世木里活佛，又是在什么时间、什么场合受封"呼图克图"的呢？有清一代，木里是盐源县下九所土司之一，光绪十七年（1891年）编成的《光绪盐源县志·风俗、人物》里保存了珍贵的记载：

"喇嘛为西番、么些诸族所崇，其土司尤信之。木里安抚司境内经堂最多，亦最巍耸。""活佛居木里经堂，僧众以万计……纯皇帝之八十万寿也，诺门罕朝于京师，始赐号为呼图克图。"

这条材料不长，但所含信息量巨大。

首先，这部县志虽然是在光绪十七年编成，但肯定根据更早的资料。因为，木里土司在同治七年（1868年）晋封宣慰使，这里还作"安抚司"，显然抄自更早的县志。

其次，木里活佛曾经在乾隆八十大寿时进京祝寿。乾隆八十大寿是中国历史上罕见其匹的盛事，时在乾隆五十五年（1790年）。当时，确实有很多蒙藏喇嘛进京。《大清高宗纯皇帝实录》篇幅长达1500卷，是中国历史上最浩繁的实录。里面记载着，乾隆五十五年七月，在哲布尊丹巴呼图克图和噶勒丹锡哷图呼图克图的率领下，"众呼图克图、诺们汗喇嘛"前来祝寿。戊戌，乾隆皇帝在"万树园大幄次"赐宴封赏。如此说来，六世木里活佛也在其中，并就在此时获封"呼图克图"。可惜的是，现在出版的清朝历代《起居注》，乾隆朝独缺五十五年及前后一段。再次，木里活佛在此前已经有"诺门罕"的封号。"诺门罕"是由何人、在何时所封，尚待考证。

这一点还得到了藏文资料的佐证。七世木里活佛（1820年-1870年）和瓦汝土司生根杜基、次尔旦珠一起，创建了盐源前所的瓦汝寺（藏语名"甘丹登巴达吉林"），并按照藏传佛教仪轨，亲自为该寺撰写了"戒条"，至今保存。其中就明确无误地记录了"堪钦班智达降央呼图克图阿旺巴登嘉措"的名衔。

由此，我们可以确定，木里活佛转世系统至少拥有以下封号：一、五世达赖于1672年封"朵麦堪布大法师"；二、八世达赖于1783年赐六世木里活佛封号，不详，很可能是"诺门罕"；三、乾隆五十五年（1790年），六世木里活佛获乾隆皇帝赐封"呼图克图"。此外，木里活佛一直使用至今的"香根"也是一个很尊崇的称号，何时受封，尚待考究。

木里活佛转世系统源出第五任甘丹赤巴，是格鲁派最古老的转世系统之一，可以排在极前面的几位，在藏传佛教历史上地位显要，获得过"诺门罕"乃至"呼图克图"的敕封。由于错综复杂的历史原因，"诺门罕"、"呼图克图"的封号竟然逐渐被遗忘了。1992年，十世木里香根活佛坐床，政府颁发的"活佛证"上的佛号仅余两个字"香根"了。不能不说，这是一个巨大的缺憾。

　　好在，历史终究是历史，是不能永久泯灭的。今天，这段历史又重新清晰无误地显示了出来。本着尊重文化、尊重历史、尊重藏传佛教传统的态度，我们应该恢复木里活佛的本来称号"木里香根呼图克图仁波切"。

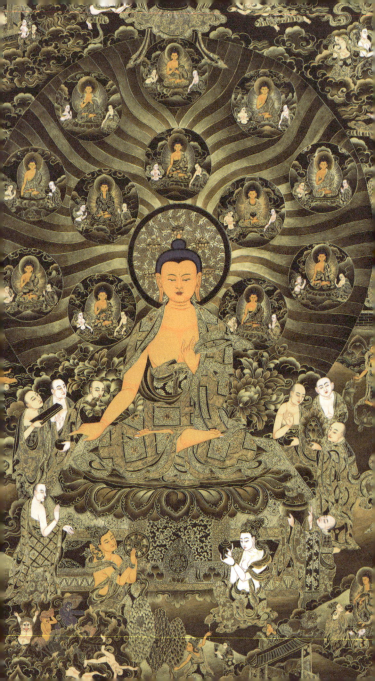